UN ANILLO PARA UNA PRINCESA
KIM LAWRENCE

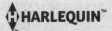

Editado por Harlequin Ibérica.
Una división de HarperCollins Ibérica, S.A.
Núñez de Balboa, 56
28001 Madrid

© 2017 Kim Lawrence
© 2018 Harlequin Ibérica, una división de HarperCollins Ibérica, S.A.
Un anillo para una princesa, n.º 2598 - 24.1.18
Título original: A Ring to Secure His Crown
Publicada originalmente por Mills & Boon®, Ltd., Londres.

I.S.B.N.: 978-84-9170-582-6
Depósito legal: M-31092-2017
Impresión en CPI (Barcelona)
Fecha impresion para Argentina: 23.7.18
Distribuidor exclusivo para España: LOGISTA
Distribuidores para México: CODIPLYRSA y Despacho Flores
Distribuidores para Argentina: Interior, DGP, S.A. Alvarado 2118.
Cap. Fed./Buenos Aires y Gran Buenos Aires, VACCARO HNOS.

Capítulo 1

SABRINA cerró la puerta de su dormitorio con cuidado porque sabía que sus dos compañeras de piso habían tenido guardia de noche en Urgencias. Estaba en la puerta principal, con un trozo de tostada en una mano y la bolsa en la otra, cuando sonó su teléfono.

Blasfemó en voz baja y, al intentar contestar, se le cayó la tostada con el lado de la mantequilla hacia la alfombra. ¿Por qué siempre caía de esa manera?

Sabrina dejó la bolsa, agarró la tostada con una mueca y miró la pantalla para ver quién llamaba antes de llevarse el teléfono a la oreja. Era el auxiliar de laboratorio para darle los resultados que el equipo de investigación estaba esperando.

Con una amplia sonrisa, y después de tirar la tostada a la basura, Sabrina abrió la puerta de la casa. Los resultados eran mejores de lo que esperaban. Se colgó la bolsa en el hombro, agarró una manzana del frutero y liberó los mechones de pelo que se le habían enganchado en el cuello de la chaqueta, antes de salir.

Una vez fuera, el ruido llamó su atención. Diferentes voces pronunciaban su nombre, todas a la vez.

Se volvió y las luces de los flashes la cegaron al instante. Se cubrió los ojos con la mano y giró la cabeza para evitar los micrófonos que le acercaban al rostro.

Con el corazón acelerado, intentó darse la vuelta,

pero era demasiado tarde. Al instante, el peso de los cuerpos que la empujaban la habían desplazado unos pasos.

–Lady Sabrina... Lady Sabrina... ¿Cuándo es la boda?

–¿Se celebrará antes de que la isla se reunifique?

–¿Cuándo le propuso matrimonio el príncipe Luis?

–¿Qué clase de mensaje envía a las mujeres jóvenes, doctora Summerville?

El sonido de su nombre y el montón de preguntas lanzadas desde todas las direcciones era como una agresión física. La idea de que acababa de adentrarse en una pesadilla, y la sensación de claustrofobia provocaron que Sabrina se quedara paralizada. No podía respirar, ni siquiera podía pensar. Cerró los ojos, agachó la cabeza y esperó a que se abriera el suelo bajo sus pies.

No sucedió.

De pronto, en medio de la confusión, notó que alguien la agarraba por la muñeca y la rodeaba por la cintura. Ya no la estaba arrastrando el grupo de periodistas, sino que alguien tiraba de ella en la otra dirección.

Todo sucedió muy deprisa, en solo un instante había pasado de luchar por su libertad en la calle a que la metieran en el asiento trasero de un coche como si fuera un saco de patatas.

«Nadie secuestra a una persona delante de las cámaras de los periodistas», pensó ella mientras trataba de incorporarse. Cuando lo consiguió vio que un cámara enfocaba al hombre que acababa de subirse al coche para sentarse a su lado.

–¡Arranca, Charlie! –exclamó el hombre.

El conductor arrancó el vehículo haciendo que chirriaran los frenos y asustando a los que trataban de bloquear su camino.

Sabrina miró a los ojos de aquel hombre a través del retrovisor, y después apartó la vista. Su mirada era inquietante, así como el dragón que llevaba tatuado en la nuca.

Aunque conocía bien los procesos químicos y fisiológicos que provocaban que el cuerpo produjera exceso de adrenalina, nunca había experimentado el reflejo de lucha o huida.

Mientras el instinto de supervivencia se apoderaba de ella, Sabrina se lanzó hacia la puerta y presionó todos los botones tratando de abrirla y llorando de frustración al ver que no lo conseguía. Comenzó a golpear el cristal, mas por desesperación que con la esperanza de llamar la atención de alguien. Iban a toda velocidad y las ventanas estaban tintadas.

–Si pretendes romperlo, te diré que es a prueba de balas, aunque tienes mucha fuerza, *cara*. Y me alegro de que no lleves tacones.

Ella deslizó los puños por el cristal y apoyó la frente en la ventanilla. Respiró hondo y se volvió hacia su captor. Quizá había perdido la batalla de abrir la puerta, pero ganaría la de ocultar su temor tras una máscara de frío desdén... Bueno, todo el desdén que pudiera mostrar con el rostro humedecido por las lágrimas y el maquillaje corrido.

–No me llames *cara,* no soy nada tuyo, pero si no me dejas marchar me convertiré en tu peor pesadilla –le prometió–. Para el coche y déjame salir ahora mismo o... –se calló al identificar al hombre que estaba sentado en la esquina, con un brazo apoyado en el respaldo y con un teléfono en la otra mano.

Él sonrió y ella comprendió por qué el diablo debía

ser atractivo para conseguir que se cayera en la tentación.

¡Y no era que ella se sintiera tentada!

Sus ojos azules brillaban de diversión. El príncipe Sebastian Zorzi inclinó la cabeza y le acarició la barbilla con un dedo.

Sabrina se estremeció y miró a otro lado, respirando de forma acelerada. El alivio que había sentido al darse cuenta de que no la estaban secuestrando, sino rescatando, se borró de golpe debido a la antipatía que le producía ver que su futuro cuñado la miraba con burla. Llevaba un traje de color negro, y la chaqueta resaltaba sus hombros musculosos. Debajo, una camiseta blanca en lugar de camisa y corbata. La camiseta era lo bastante ceñida como para que se notara su torso musculoso. No obstante, no era la ropa lo que provocó que a ella se le erizara el vello de la nuca... bajo la superficie había algo explosivo.

Por supuesto, ella era consciente de que los hermanos no se parecían físicamente. No había nada de sorprendente en ello, muchas veces era así. Chloe y ella no se parecían en nada.

No obstante, los príncipes de la familia Zorzi no solo eran diferentes, sino completamente opuestos. No solo en su aspecto o el color de su pelo, también en su manera de sonreír. La sonrisa de uno de ellos provocaba que ella se sintiera segura, ¿y la del otro? Ella se estremeció. ¡*Segura* no era una palabra que la gente emplearía al hablar de Sebastian Zorzi!

—Eso es, lady Sabrina, yo soy el equipo de rescate —levantó la mano y habló por el teléfono que llevaba.

Sabrina se fijó en que tenía los dedos muy largos. Y las manos muy fuertes.

–Sí, la tengo. Ella está... –la miró unos instantes con sus ojos azules y Sabrina se movió en el asiento antes de que él respondiera a la pregunta que ella no pudo oír–. Más o menos en una pieza. Parece que la hayan arrastrado por el suelo, pero todavía es capaz de bajar la mirada, así que, sí, está bien... Si eso es lo que te gusta.

Su tono sugería que eso no era lo que le gustaba a él, pero después de haber visto el tipo de mujer que le gustaba a Sebastian, Sabrina se alegraba.

A él le gustaba un tipo de mujer.

Y no tenía nada que ver con el cociente intelectual.

Era difícil imaginar que todas las mujeres rubias que estaban asociadas a su nombre fueran tontas, pero Sabrina siempre había pensado que trataban de parecerlo. Había un tipo de hombre que no soportaba a las mujeres que podían retarlos intelectualmente y, en su opinión, la oveja negra de la familia Zorzi reunía todas las cualidades para ello.

Era el tipo de príncipe que conseguía que lo inaceptable pareciera agradable y que, daba igual lo que hiciera, todo el mundo parecía perdonarlo. No solo eso, les caía bien a pesar de que había pasado toda la vida desafiando a la autoridad.

Siempre había desconcertado a Sabrina. No obstante, sentada a su lado en un espacio tan pequeño, comenzó a comprenderlo mejor. No era necesario que pronunciara algo ofensivo, ¡bastaba con que respirara!

¡Para poder creer que su presencia provocaba un shock sensual había que experimentarlo! Sabrina ya no pensaba que las historias que se contaban acerca de él eran exageradas.

No era extraño que no se hubieran conocido en el pasado. Durante muchos años, la relación entre las dos familias de la realeza de Velatia había sido muy fría.

No obstante, habían cambiado los tiempos. Ya no eran enemigos, las dos familias de la realeza se habían convertido en mejores amigos y cómplices, unidos frente a una causa común.

Sin embargo, en todos los eventos sociales en los que se habían juntado las dos familias, Sebastian siempre había estado ausente. De hecho, a Sabrina no le sorprendía que pudieran haberle prohibido la asistencia. La única vez que Sabrina había estado en la misma habitación que Sebastian Zorzi, él se había marchado nada más anochecer por una puerta trasera, con la joven esposa de un diplomático mayor, y ni siquiera había tenido tiempo de que se lo presentaran.

Ella recordaba que esa misma noche, el rey Ricard había ido a buscar a su hijo pequeño y que Luis había excusado a su hermano. Era una costumbre en la relación entre hermanos, su hermano se saltaba las normas y Luis lo protegía.

Si se hubieran conocido en aquella ocasión, ella habría estado preparada para la masculinidad en estado puro que emanaba de Sebastian. Era un atractivo sexual en su forma más primitiva y concentrada.

Sabrina notó que se le erizaba la piel, se le aceleraba el corazón y le temblaban las piernas. No le gustaba, pero sabía que a la mayor parte de las mujeres les agradaría aquella boca sensual y las facciones marcadas de su rostro, y era consciente de que en su caso todo era producto del shock.

–¿Que si alguien nos ha visto marcharnos? –él repitió la pregunta de su interlocutor–. Yo diría que unos cuantos –la miró y sonrió divertido antes de continuar–. No los he contado, pero no, ella no les ha dicho nada, aparte de palabrotas. ¡He aprendido unas cuantas! –puso una mueca y se separó el teléfono de la oreja mientras sonreía–. Por supuesto que no hablo en serio. Se ha comportado como una verdadera princesa producto de la endogamia. –contestó, antes de guardar el teléfono en el bolsillo de su chaqueta.

Sabrina no sabía qué pasaba.

–La próxima vez que acuses a alguien de ser producto de la endogamia, creo que deberías consultar tu propio árbol genealógico.

Él se rio, provocando que a ella se le pusiera la piel de gallina.

–Lo tendré en cuenta, aunque, como bien sabrás, durante un tiempo hubo una interrogación sobre mi ascendencia.

Sabrina bajó la mirada a pesar de que era evidente que él no se sentía incómodo con el tema. Por su puesto que lo sabía. La noticia de que la reina había tenido una aventura había llegado a la primera página de los periódicos. Después de que el hombre en cuestión hubiera fallecido, se encontraron las cartas de amor que ella le había escrito.

Poco tiempo después, la exesposa del hombre y la niñera, escribieron un libro sobre el tema. La niñera había sido la primera en relacionar la fecha del nacimiento del segundo hijo de la reina con sus sospechas, y compartió la información con los periodistas.

Después, la familia Zorzi hizo una muestra de solidaridad y la reina apareció muy guapa y con aspecto delicado, junto a su esposo y los dos príncipes.

–Nadie se cree todo eso hoy en día –contestó Sabrina.

–Muchas personas lo creen, *cara*, y más desearían que fuera verdad... –arqueó una ceja–. Yo incluido.

–¿Tú deseas ser hijo bastardo? Lo siento, yo... –se calló y se sonrojó.

Sin embargo, Sebastian Zorzi no parecía nada molesto por el comentario.

–Digamos que no me siento afortunado por el hecho de que la sangre de los Zorzi corra por mis venas.

–Bueno, Luis se siente orgulloso –contestó ella.

–Mi hermano es más indulgente que yo.

–¿Indulgente hacia quién?

Sebastian la miró a los ojos un instante. Su expresión era difícil de interpretar.

–Aunque estoy disfrutando de esta conversación, ¿no deberías hacerme otras preguntas en estos momentos?

Ella lo miró confundida.

–Por ejemplo, ¿qué ha pasado?

Sabrina se sintió estúpida.

–¿Y qué ha pasado?

Él soltó una risita y contestó:

–Bienvenida al resto de tu vida, *cara*.

–No voy a pasar el resto de mi vida contigo –y si era posible, ni un segundo más.

–Una lástima para mí –repuso él con sarcasmo.

Ella apretó los dientes.

–¿Y las cámaras? ¿Los periodistas? No entiendo nada.

–¿De veras? Había oído que eras inteligente. Bueno, eso no significa que hayas de ser rápida, supongo –convino él, mientras ella se sonrojaba–. Ha habido una filtración.

Sabrina no sabía a qué se refería. Él suspiró y ella estalló.

–Mira, estoy segura de que las cámaras y los micrófonos forman parte de tu vida diaria, pero no de la mía, así que, ¿podrías actuar como si tuvieras una pizca de sensatez por un momento? Estoy traumatizada y, como bien has dicho, ¡no soy muy rápida!

Se hizo un silencio. ¡Ella nunca gritaba!

–¿Alguna vez has oído hablar del control del volumen de voz?

Ella no dijo nada. Temía que si abría la boca de nuevo se pondría a llorar.

Él la miró muy serio.

–Alguien del círculo cercano ha vendido la historia: boda, reunificación, todo un plan.

Ella negó con la cabeza y tragó saliva para deshacer el nudo que sentía.

–¿Y por qué alguien iba a hacer tal cosa?

–No lo sé. ¿Quizá por dinero?

Sabrina se mordió el labio inferior, preocupada por la facilidad con la que él la hacía sentir torpe e ingenua.

–No te preocupes, sabemos que no has sido tú.

–¿Qué? –lo miró con los ojos bien abiertos.

–Bueno, lo primero que pensamos fue que te habías cansado de que Luis esperara para hacerte la pregunta y decidieras precipitar las cosas.

–¿Y por qué diablos iba a querer hacer eso? Quiero decir...

–He tocado una fibra sensible... Interesante.

–¡No soy un experimento científico!

Él puso una media sonrisa.

–¿Tengo la sensación de que es mal momento?

–No sé de qué estás hablando.

–No hace falta que seas modesta. Tengo la sensación de que hay un novio de por medio al que quieres darle la noticia. ¿Sabe que llevas años señalada como *el sacrificio para la gran causa de la reunificación*?

–¡No soy un sacrificio!

–Lo siento. Entonces, una víctima dispuesta. ¿Cuántos barriles de petróleo crees que vale casarse con mi hermano? Así, en una estimación...

Ella apretó los dientes.

–No soy una víctima...

–¿Y los depósitos de petróleo de tu pequeño reino rocoso no tienen nada que ver con el repentino entusiasmo de reunificar nuestra querida isla? Lo siento, no tan repentino. ¿Cuántos años tenías cuando te contaron el plan? Que una boda entre la realeza acallaría a los conservadores de ambos lados de la frontera que se aferran a los tiempos en los que nos odiábamos –se apoyó en el respaldo de cuero y echó la cabeza hacia atrás–. Debes de sentirte muy especial sabiendo que tienes dedicado un capítulo entero en un documento legal y que los dos países que redactaron dicho documento tardaron diez años en llegar a un acuerdo.

–Te olvidas de un detalle importante... En mi familia ya no hay herederos masculinos, y no sé si sabes, que hay personas más fáciles de odiar que otras.

Él sonrió y le dio su teléfono.

–Adelante. Fingiré estar sordo.

Sabrina agarró el teléfono de forma instintiva. Al oír su comentario, se lo devolvió.

–Gracias, pero tengo mi propio teléfono y no tengo novio –en la universidad había tenido algunas citas, pero nada serio. Su mejor amiga había conocido a un chico y se había comprometido con él en menos de un mes. Aunque Sabrina no se imaginaba que pudiera enamorarse de esa manera, sí se había preguntado ¿y si...?

¿De veras quería encontrar a su compañero ideal para después verse obligada a separarse de él? De pronto, la rabia que ella ni siquiera sabía que contenía, cobró voz...

–Yo no salgo con chicos. Si saliera me preguntaría si ese chico es el hombre de mi vida, ¿no? ¿Y qué sentido tendría? –bajó la vista un instante–. Además, he estado muy ocupada con el trabajo.

–Y ahora también lo vas a abandonar, como una

buena chica dispuesta a complacer. Ahora me doy cuenta de por qué nadie pensó que tú podías haber sido la que filtró la información. Todo el mundo estaba de acuerdo en que nunca has roto una norma en tu vida.

—Hablas como si fuera un vicio.

—¿En lugar de qué...? ¿De una virtud? Han descubierto al culpable y es uno de los nuestros... Mientras hablamos, se estarán ocupando de él.

—¿Ocupando de él?

—No te preocupes, a pesar de la mala fama que tenemos no hemos ejecutado a nadie desde hace un siglo o así, y como los aplastapulgares no son muy efectivos, simplemente lo hemos despedido.

—¿Ha perdido su trabajo?

—¿Te preocupa el destino del hombre que ha sido el responsable de lanzarte a los lobos? ¡Puf! Vas a tener que endurecerte si vas a formar parte de nuestra familia, cariño. Si te hace sentir mejor, el hombre no se va a quedar en la ruina. La historia que hay de puertas para adentro garantizará un *bestseller,* después de que se haya contado en los periódicos del domingo.

Sabrina palideció.

—¡Eso es terrible!

—No es noticia —contestó él relajado—. El hecho de que mi madrastra tenga a su cirujano plástico en la lista de llamadas directas de su teléfono no es un secreto, ni tampoco la tendencia que tiene mi padre de tirar lo primero que encuentra cuando se enfada.

—¿Y ahora qué va a pasar?

—Ahora te tomarán medidas para el vestido de boda —la miró de arriba abajo.

Sonriendo con los dientes apretados, Sabrina se esforzó para no reaccionar ante su comentario, al mismo tiempo que tuvo que contenerse para no cubrirse con la mano los pezones turgentes.

–Talla ocho, ¿verdad? O quizá, ¿una diez en la parte superior y una ocho en la cintura? –se fijó en sus piernas y dejó claro que se había dado cuenta de que ella estaba restregando un tobillo contra el otro.

Al ver que dejaba de moverse, la miró a los ojos.

–Siento curiosidad... ¿Nunca se te ha ocurrido decir que no?

–¿No? –repitió ella, preguntándose si alguna mujer se lo había dicho a él alguna vez.

–¿O es que estás contenta de ser una marioneta?

–No sé de qué estás hablando.

–¿En serio? Después me dirás que quieres a Luis, que él es el hombre de tu vida.

–No voy a decirte nada... No espero que alguien como tú sea capaz de comprender.

Sebastian se inclinó hacia delante y se giró hacia ella.

–¿Y qué es lo que no entendería alguien como yo?

Ella negó con la cabeza.

–El deber –contestó entre dientes.

Él soltó una carcajada.

–Por supuesto, el deber.

–¿Qué te parece tan divertido?

–Lo siento –dijo él–. ¿Se supone que debía mostrarme impresionado por tu sacrificio? No me parece divertido, *cara*, me parece una tragedia que aceptes el sufrimiento con tanto entusiasmo. Pensaría que te han lavado el cerebro, pero quizá es que siempre fuiste la niña buena.

–He crecido, no como otros. Y no me considero una mártir –dijo temblorosa.

Era cierto que en su vida tenía poco control sobre muchas cosas, pero aquello no tenía por qué soportarlo.

–Tú puedes burlarte del concepto del deber, pero yo prefiero ser una niña buena que una egoísta. ¿Ha habido algún momento en tu vida donde no te hayas dado prioridad sobre las demás cosas?

—Probablemente no —admitió él.

—Bueno, ser un crápula egoísta es un lujo que no todos nos podemos permitir.

—Disfruta de tu lugar en el terreno de la alta moralidad y dentro de unos años, cuando lleves la corona, espero que sigas pensando que mereció la pena todo lo que abandonaste.

—No he abandonado nada.

—¿Y tu trabajo? ¿Por qué invertiste dinero, esfuerzo y tiempo para doctorarte cuando no tenías intención de usarlo para nada?

—La investigación es importante.

—Sin duda, pero tendrá que sobrevivir sin ti, porque tengo instrucciones para dejarte en la embajada. En la nuestra.

—¡No soy un paquete! ¡Soy una persona!

—Con sentimientos, claro... ¿Qué pasa con mis modales? El hombro sobre el que llorar... —se inclinó hacia delante y ella percibió su aroma masculino—. Siéntete libre.

—No necesito un hombro para llorar, y si lo hiciera...

—Solo soy el de repuesto —la interrumpió él, suspirando de forma exagerada—. Lo sé. Estás reservándote para el hombre con la corona.

Sabrina cerró los puños y lo miró.

—Eres un hombre terrible, ¿lo sabes?

—Y tú eres una mujer muy bella —la miró y puso cara de incredulidad—. Espera, ¿estás...? —la sujetó por la barbilla para que volviera la cabeza hacia él—. ¡Te has sonrojado!

—No me he sonrojado —de pronto se le ocurrió una explicación al extraño comportamiento que mostraba él—. ¿Has estado bebiendo?

–No durante las dos últimas horas –alzó la voz para dirigirse al conductor–. Charlie, ¿a qué hora nos hemos marchado?

–Creo que eran las cuatro de la madrugada, señor.

–¿De veras? Ah, bueno. Estoy totalmente sereno... Bueno, no totalmente –admitió–. Ah, ya hemos llegado –el coche se detuvo frente a la embajada–. Por cierto, casi me olvido, Luis te manda un beso.

Se inclinó y la beso en los labios antes de comenzar a explorar su boca. Sabrina no sabía cómo llegó a rodear el cuello de Sebastian con los brazos, pero de pronto lo estaba besando como si estuviera sedienta y él fuera agua. Nunca había sentido un deseo tan intenso.

Un deseo que se intensificó todavía más cuando notó que él se estremecía. Ella gimió contra sus labios y acercó el cuerpo al de él, mientras Sebastian le acariciaba el cabello con los dedos. Estaba ardiendo de deseo. ¿De deseo de qué...?

Por suerte, antes de encontrar la respuesta, él dejó de besarla.

Ella permaneció allí sentada, temblando y respirando de manera agitada, mientras él la miraba fijamente con sus ojos azules.

–¿Cómo te atreves? –el sonido de la palma de su mano contra la mejilla de Sebastian fue sobrecogedor.

Él se cubrió la mejilla con la mano y dijo:

–No pegues al mensajero, *cara*.

–¡Eres un canalla! –exclamó ella, a punto de caerse del coche cuando alguien con uniforme militar abrió de golpe.

Sabrina oyó la risa de Sebastian mientras se disponía a subir los escalones de entrada a la embajada.

Capítulo 2

SEBASTIAN se apoyó en la puerta del balcón. La puerta cedió y dejó paso a una suave brisa. La vista era tan espectacular como la instalación de tuberías. El agua de la ducha se había quedado helada antes de quemarle la piel. Oh, bueno, quizá había llegado el momento de aprender cómo vivía la otra mitad, incluso a pesar de que esa otra mitad pudiera reclamar una herencia tan ilustre como la suya.

Durante un instante, sonrió con cinismo. Por razones obvias, cuando uno pensaba que en el colegio había tenido un apodo que era el *bastardo de la realeza*, se daba cuenta de que Sebastian nunca se había tomado en serio el tema de la herencia.

Llamaron a la puerta y él se volvió, pero antes de que pudiera contestar entró Luis, sin su sonrisa habitual.

–Por la expresión de tu rostro diría que te acaban de anunciar que te quedan semanas de vida, o que acabas de tener una buena bronca con nuestro padre. ¿Cómo está Su Alteza Real?

Normalmente, Sebastian habría sentido lástima por Luis, pero ese día lo que sentía era enfado. ¿Luis no se daba cuenta de que hasta que él mostrara un poco de agallas el rey no dejaría de intentar organizarle la vida? Quizá ni siquiera entonces. Si él fuera su hermano...

«Pero no lo eres, ¿verdad, Seb?»

«Luis se queda con la corona y con la chica».

–Pensaba que no ibas a venir...

–Me lo pediste.

De hecho, su padre se lo había ordenado y, aunque en circunstancias normales, eso habría garantizado que Sebastian no apareciera, allí estaba. ¿Por qué?

–Te lo había pedido las tres últimas veces que vine a visitar Summerville.

–Ya sabes que tengo alergia al deber.

–Eso dices siempre. En serio...

–Es una alergia muy seria.

–Quería que conocieras a Sabrina.

–Se va a casar contigo –repuso él, mientras pensaba: «Pero me ha besado a mí». El sentimiento de culpa que experimentaba se vio ahogado por el fuerte deseo que le provocó el recuerdo de aquellos labios suaves y de dulce sabor. Si Luis la hubiera besado más a menudo, quizá ella no se habría derretido entre sus brazos.

«Esta bien, Seb, porque nunca es culpa tuya, ¿verdad?»

Esperaba experimentar una mezcla de frustración, afecto y empatía al ver que Luis paseaba de un lado a otro de la habitación con un gesto de derrota. Sin embargo, Sebastian se encontró un sentimiento de rabia y algo que, si la situación hubiera sido diferente, habría llamado envidia.

Por supuesto, no lo era.

La envidia significaba que su hermano tenía algo que él deseaba, y Luis no lo tenía nada que él quisiera.

Luis recibiría la corona.

Hubo un tiempo durante la infancia en que el hecho de que lo relegaran a un segundo plano y se refirieran a él como *el de recambio,* había molestado a

Sebastian, pero eso era antes de que se diera cuenta de que para Luis era mucho peor, puesto que llevaba sobre sus hombros las expectativas de todo un país. Luis no tenía capacidad de elección. Incluso elegían a su esposa por él.

Sebastian tenía su libertad. Su padre les había dicho a los dos que el privilegio conllevaba un precio, pues hasta el momento, él le había demostrado a su padre lo contrario. Sebastian disfrutaba de los privilegios que le otorgaba su título sin tener ninguna responsabilidad.

Y Sebastian no quería casarse con Sabrina. No quería casarse con nadie... Solo quería acostarse con ella. Solo con pensar en ella y en su maravillosa boca, el deseo se apoderó de él.

Lo ignoró. Había besado a Sabrina y no iba a besarla otra vez, ni siquiera por le hecho de que nunca había sentido algo tan intenso como lo que sentía por aquella mujer. Se conocía lo bastante bien como para saber que aquello pasaría. Siempre pasaba.

Entretanto había montones de mujeres a las que podía besar, que no iban a casarse con su hermano y que no estaban a punto de desperdiciar su vida. «Es asunto de ella. Es su elección», pensó.

Por suerte, el conocía el peligro de que el incidente del beso se convirtiera en algo que no era. Sabrina tenía una boca maravillosa, unos labios sensuales que provocaban que deseara besárselos. Todo ello había hecho que no pensara en nada más, pero fue lo que fue: un momento de locura, alimentado por el alcohol que había tomado aquella madrugada en la discoteca, donde se había aburrido más de lo habitual.

Ver a Sabrina en su entorno natural, como la mujer que representaba a todo aquello contra lo que se estaba rebelando y lo que había rechazado toda su vida, haría que él recuperara la objetividad.

–No esperaba que vinieras, pero me alegro de que lo hayas hecho. Te agradezco el apoyo.

–¿Apoyo? –preguntó Sebastian con el ceño fruncido.

–No puedo decir que estoy deseando que llegue esta noche.

–¿Pánico escénico o...? ¿No me dirás que has cambiado de opinión?

Luis se volvió, pero no lo bastante rápido como para ocultar que se había avergonzado con la broma. ¿Se había avergonzado o era verdad que estaba cambiando de opinión? Sebastian desechó la idea de inmediato. Para Luis, el deber siempre era algo prioritario.

–¿Y cómo está la novia sonrojada?

–Bien... Supongo.

–¿Supones? ¿Quieres decir que no has pasado a saludarla? –Sebastian se imaginó dándole un largo saludo.

–Acabo de llegar y ella... nosotros... Ella no se sonroja.

–Ah –dijo Sebastian, arqueando las cejas y recordando cómo se había sonrojado Sabrina.

–No es que sea algo malo.

–Eso significa que para ti sí lo es –dijo Sebastian.

Luis parecía culpable.

–Es solo que no siempre es muy espontánea.

Sebastian recordó como había gemido al responder ante su beso. Al recordar también cómo sus pechos se habían endurecido contra su torso, se excitó.

–La espontaneidad está sobrevalorada –«y también puede ser algo maravilloso en la cama».

«No lo descubrirás nunca, Seb».

Era un canalla, pero no tanto.

–Exacto, sobre todo cuando se analiza cada uno de

tus movimientos. Ella tiene todas las cualidades para ser una reina perfecta.

Sebastian escuchó a su hermano y frunció el ceño. Parecía más un hombre que trataba de convencerse de lo que decía, en lugar de creer en lo que decía.

–Estoy convencido –murmuró secamente–. ¿Tú cómo lo llevas?

–El matrimonio es ser un equipo.

–Eso he oído –nunca había pensado demasiado en el matrimonio porque enseguida había decidido que no era para él, justo después de haber estado a punto de cometer un gran error–. Una vez estuve a punto de proponer matrimonio –recordó, mientras trataba de recordar el rostro de la mujer en cuestión.

–¿Tú? ¿Has estado enamorado alguna vez? –Luis negó con la cabeza–. ¿De quién? ¿Cuándo? ¿Qué sucedió?

–Lo que siempre sucede... La magia se acaba. Descubrí que roncaba y que no me gustaba su risa, pero durante un tiempo pensé que era perfecta. De hecho, desde entonces ha habido otras mujeres que me han parecido perfectas, la diferencia está en que ya no espero que eso dure.

Sebastian pensaba que si uno buscaba la manera de ser infeliz, lo mejor era atarse de por vida a una persona basándose en un enamoramiento puramente químico.

–¿Perfectas? ¿Como tú, quieres decir?

Sebastian puso una mueca y sonrió. Al ver que Luis se acercaba a una de las dos sillas que había a los pies de la cama, Sebastian levantó la mano y dijo:

–Yo no lo haría. Antes cometí el mismo error. La pata se ha caído y la he arreglado.

Luis se dirigió a la otra silla.

Sebastian miró a su alrededor fijándose en el deterioro de la habitación.

–No es lo que esperaba. Realmente necesitan dinero en efectivo. No me extraña que estén dispuestos a vender a su hija al mejor postor.

–¡No la están vendiendo! –protestó Luis–. Sabrina comprende y respeta...

–Nuestra madre lo comprendía también –lo interrumpió Sebastian, preguntándose si la rabia que sentía se desvanecería en algún momento. Rabia hacia el sistema que había atrapado a su madre en un matrimonio que, al final, la había destruido–. Y no tuvo buen resultado.

–¡No es lo mismo! –protestó su hermano.

Sebastian arqueó una ceja.

–Desde mi punto de vista parece el típico caso de historia que se repite una y otra vez.

–Yo no soy como él –repuso Luis inmediatamente.

«¡Entonces rompe el círculo!»

Sebastian no aireó su pensamiento. ¿Qué sentido tenía? Sabía que su hermano nunca retaría a su padre, y ¿estaba seguro de que él sí lo haría si la situación fuera al revés? Era fácil criticar desde su lugar.

–Me pregunto, Seb, ¿qué crees que haría si se enterara...?

Sebastian se acercó a su hermano y colocó una mano sobre su hombro.

–No se enterará –dijo convencido–. Quemamos las cartas. Nadie sabe que existieron.

Cuando descubrieron aquellas cartas bajo una de los tablones del suelo, los hermanos no sabían que a pesar de que su madre había roto su relación extramatrimonial cuando descubrió que llevaba en el vientre al hijo de su amante, continuó viéndolo después de que naciera su hijo.

Lo irónico era que ellos tenían razón, había un hijo

bastardo, pero no era el hijo que los difamadores habían identificado.

–Para el mundo en general, su aventura comenzó el año que nací yo –Sebastian no veía motivos para que el resto de la gente se enterara–. Somos las únicas dos personas que lo saben, ¿a menos que pienses contárselo?

Luis se estremeció.

–Durante el colegio observé cómo se metían contigo y no hice nada, también en casa cuando ambos sabíamos que tú deberías ser el rey. No tengo derecho legítimo al trono. Ni siquiera soy su hijo.

Sebastian negó con la cabeza.

–¡Siéntete agradecido cada día, Luis! –exclamó con sinceridad–. Te has librado de la fama con la que yo cargo. Yo soy el hijo que merece ese canalla. Tú serás mucho mejor rey que yo. Eres el único que ha hecho todos los sacrificios... y que todavía los hace –Sebastian agarró a su hermano con más fuerza–. No tienes que casarte con ella, ya sabes. Podrías decir *no*.

Luis negó con la cabeza y evitó la mirada de su hermano.

–Para ti es fácil decirlo. Yo no soy...

–¿Tan egoísta? –Sebastian pensó a dónde había llevado a su madre el hecho de no ser egoísta. Él preferiría ser egoísta siempre.

Luis levantó la vista justo cuando su hermano se metía en el baño.

–No soy un rebelde como tú. Necesito... Me importa lo que la gente piense de mí.

Sebastian salió de nuevo, secándose el cabello mojado con una toalla.

–Este matrimonio no tiene que ver conmigo, sino con algo más importante. Soy realista.

–¿Y cómo se siente ella?

Luis se encogió de hombros.

–¿A qué te refieres?

–Me refiero a ¿qué espera Sabrina de este matrimonio? ¿También es realista? –se encogió de hombros, molesto consigo mismo por perder el tiempo con un tema que ni siquiera era de su incumbencia–. ¿También se conforma con el hecho de estar haciendo lo correcto? –comenzó a secarse el cabello con fuerza y se preguntó de dónde surgía tanta furia. Ella se había preparado el lecho y parecía contenta de yacer en él... con su hermano–. Oye Luis, ¿al menos habláis?

–Tenemos toda una vida para hablar –contestó Luis–. ¿Te refieres al sexo, no? No te pega ser tan delicado. Pues no, no me he acostado con ella.

–No me refería a eso, pero ya que has sacado el tema, ¿no te parece que estás llevando demasiado lejos esto de la virginidad de la novia, Luis?

Luis se rio.

–Ni siquiera nuestro padre espera tal cosa.

–Qué liberal por su parte– Sebastian seguía dándole vueltas a algunos de los comentarios que había hecho Sabrina. ¿Era posible que no tuviera un amante por miedo a enamorarse?

–¿Y si no fuerais compatibles? ¿Has pensado en ello?

Luis parecía molesto por primera vez.

–Por favor, Seb, ¡esto no tiene nada que ver con lo buena que sea en la cama!

Al ver que el comentario evocaba imágenes muy gráficas en su cabeza, Sebastian bajó la mirada. Apretó los dientes y dijo:

–Pero ayudaría.

Necesitaba dejar de pensar en cómo deseaba soltar la melena castaña de Sabrina para que cayera sobre sus hombros desnudos, y retirarla hacia atrás para dejar sus senos al descubierto...

Ajeno a la tensión que estaba viviendo su hermano, Luis se rio:

–Ella me gusta. Es dulce y tiene mucho sentido común.

«¿Estamos hablando de la misma mujer?», se preguntó Sebastian al pensar en la mujer que había intentado escapar de su coche solo para evitar estar dentro del vehículo con él.

Él sabia que lo había hecho por desesperación y miedo, y tenía intención de decirle algo para tranquilizarla. No obstante, al ver que cuando reconoció quién era él, puso cara de haber entrado en un coche con el mismísimo diablo, Sebastian no pudo resistirse y decidió actuar tal y como ella esperaba.

Lo malo fue que ella provocó que él tuviera que enfrentarse a sus propios prejuicios. En principio, él había sido capaz de despreciar a Sabrina Summerville, o al menos la idea que tenía de ella. Era una mujer que, a pesar de pertenecer a una generación completamente diferente a la de la madre de Sebastian, también estaba dispuesta a ser una marioneta política.

La primera sorpresa fue el deseo que se había forjado en su interior al estar sentado tan cerca de ella. Él había visto fotos y sabía que era una mujer bella, pero las fotos no lo había preparado para su piel clara, las pecas que tenía sobre el puente de la nariz y sus ojos oscuros, donde se reflejaba cada uno de sus sentimientos como si fueran un espejo. Ni tampoco para sus sensuales labios rosados.

La reacción primitiva que se desencadenó en su cuerpo había bloqueado todo lo demás en su cabeza.

Él esperaba encontrarse con una víctima pasiva y se había topado con una luchadora enérgica que pensaba que él era una pérdida de tiempo. Y lo que más le había llamado la atención a Sebastian había sido la vulnerabilidad que se reflejaba en su mirada.

Él había deseado decirle que no lo hiciera. Que no se casara con Luis. En cambio, la había besado... Una respuesta al intenso deseo que lo había invadido por dentro.

–Nunca la he visto perder los estribos –dijo Luis.

Sebastian no pudo contener una carcajada y se llevó la mano a la mejilla donde ella le había dejado la huella de su mano.

–¿Quizá deberías darle un motivo y ver qué pasa?

–Es muy guapa –añadió Luis, con un tono casi defensivo, como si esperara que su hermano lo negara.

¿Iba en serio? Sabrina era una mujer guapa, aunque no era su tipo. A él nunca le habían gustado las mujeres como ella, pero reconocía que incluso con el pelo despeinado y recién salida de la cama, seguiría siendo preciosa. Claro que nunca tendría la oportunidad de comprobarlo.

Ella le correspondía a su hermano.

Recordarlo lo ayudó a calmar el calor que lo invadía por dentro, pero no a extinguirlo.

«¿Qué pasa, Seb? ¿Tienes quince años? ¡Contrólate, hombre!»

–¿Estás pidiendo mi opinión?

–No, ¿o sí? Supongo.

–Quizá deberías quedar con ella.

–¿Con Sabrina?

–Bueno, salir juntos es algo que la gente hace antes de casarse, a menos que sea uno de esos matrimonios en los que un hombre se despierta en Las Vegas, resacoso, con un tatuaje y una esposa.

Luis puso una sonrisa y comentó:

–Todavía no te he dado las gracias por salvarla de la presión de los periodistas.

–Me alegro de haber servido de ayuda –dijo Sebastian, preguntándose por qué su hermano había cambiado de tema.

–Estoy seguro de que ella se lo tomó con calma.

Sebastian apretó los dientes para no defender a Sabrina de la crítica que percibía en las palabras de su hermano.

–¿Habrías preferido que se derrumbara?

–Por supuesto que no.

–De hecho, estaba bastante afectada, pero reaccionó luchando –no comentó que la lucha había ido dirigida hacia él.

Luis se puso en pie.

–Tuvo suerte de que tú estuvieras tan cerca.

–Quizá ella no esté de acuerdo con eso... Yo había estado bebiendo.

Luis lo miró sorprendido.

–¿Te quedaste dormido y roncaste?

Sebastian bajó la mirada.

–No exactamente.

Sabrina se negaba a reconocer que sentía un nudo en la garganta mientras desempaquetaba. La tarea no le llevó mucho tiempo. No tenía casi cosas, algunas prendas de ropa y artículos personales que había metido rápidamente en una bolsa.

Una muestra representativa de las cosas que había recogido del apartamento de Londres que compartía con un par de amigas, o mejor, que había compartido hasta un par de días antes.

Los empleados de la embajada no querían que ella regresara a su casa ese día, pero al final le habían dado permiso para ir media hora acompañada de un discreto equipo de seguridad, que resultó ser cuatro hombres vestidos con traje oscuro.

Sabrina se preguntó cómo sería un equipo que no fuera discreto, mientras recogía sus cosas y escribía una nota para sus compañeras de piso ante un par de hombres serios que no la perdían de vista. Los dos otros miembros del equipo de seguridad se habían quedado vigilando las posibles salidas... ¡No quería saber lo que eso implicaba! La idea de que aquel extraño mundo pronto formaría parte de su vida habitual había hecho que perdiera la capacidad de tomarse aquello con humor.

Cuando llegó el momento de ir a despedirse de sus compañeros del departamento de investigación donde había trabajado durante más de un año, decidió cambiar de táctica y, en lugar de pedir permiso, simplemente anunció su intención de ir esa misma mañana. Al ver que la táctica había funcionado, ocultó su sorpresa. ¿Quizá en el futuro debería dejar de pedir las cosas por favor y simplemente exigir?

Ser la futura reina tenía que tener ciertos beneficios.

«Te estás adelantando Brina. Ni siquiera eres princesa todavía».

Pronto lo sería...

Suponía que no tenía derecho a sentirse tan sorprendida. No era una novedad, pero en el pasado lo veía como algo muy lejano. Todo era real y ya no podía seguir fingiendo que su vida era normal.

«Es lo que hay, Brina, así que supéralo», pensó con impaciencia mientras colgaba una blusa de seda en una percha.

¿Merecía la pena el esfuerzo de deshacer la maleta?

Al ritmo al que avanzaba la situación, sabía que

aquella no sería su casa durante mucho tiempo. Hablaban de celebrar la boda en junio. Quedaban semanas para ello, no meses, ni años. Una vez más, ignoró el cosquilleo que sentía en el estómago.

Al sacar la última prenda, su actitud decidida comenzó a tambalearse. La bata blanca de laboratorio que tenía en la mano se nubló cuando sus ojos se llenaron de lágrimas.

Se pasó la mano por sus mejillas mojadas y pestañeó cuando pensó en la fiesta de despedida que improvisaron sus compañeros cuando se enteraron de que se marchaba. Incluso sacaron de un cajón los lanzadores de confeti que habían sobrado de Año Nuevo y, cuando los hicieron explotar, uno de los hombres del equipo de seguridad se acercó a ella y la tiró al suelo para protegerla.

Alguien cuyo nombre desconocía estaba dispuesto a colocarse entre ella y una posible bala. Sabrina se percató de que a sus compañeros también le parecía algo surrealista.

Durante la fiesta, alguien salió a comprar sándwiches en la tienda de la esquina, y le regalaron una bata de laboratorio con una corona cosida en el bolsillo.

Ella se esforzó para sonreír mientras aceptaba el regalo y abrazaba a sus compañeros. Todos le dijeron que la echarían de menos, mientras ella trataba de no pensar en lo mucho que echaría de menos todo aquello. También el reto que suponía su trabajo, ya que al contrario de todos los retos que tenía por delante, ese lo había elegido ella.

A pesar de los abrazos, se percató de que la miraban de forma diferente. La idea la entristecía, pero no le sorprendía. Siempre había deseado que la aceptaran por ser como era, no por quién era.

Siempre recordaría el tiempo que había pasado en

la universidad y en el departamento de investigación. El título de doctora Summerville lo había ganado con esfuerzo, y estaba orgullosa de ello. Lady Sabrina, hija del Duque y la Duquesa de East Vela, simplemente era una circunstancia de nacimiento, la misma circunstancia que haría que un día se convirtiera en reina de la isla que pronto reunificaría su reino.

Había disfrutado de la oportunidad de que la juzgaran por sus habilidades, y no por quiénes eran sus padres. También que cuando le preguntaban de dónde era y ella contestaba de East Vela, la gente frunciera el ceño y dijera ¿dónde esta eso? O ¿Te refieres a Vela Main?

Pertenecer a la realeza de un lugar tan desconocido tenía muchas ventajas, la principal era la no necesidad de mantener un gran protocolo de seguridad, algo que no había apreciado hasta que había desaparecido de su vida.

Durante los últimos años había sentido que la política de Velatia le resultaba algo lejano, y así lo había dejado, disfrutando de su libertad y de la vida real. Por supuesto, era consciente del paso del tiempo y la idea de lo que le esperaba más adelante nunca había desaparecido de su cabeza, pero siempre había sabido que sus padres se asegurarían de que el camino hacia su futuro fuera progresivo. Sin embargo, no había sido así. Había tenido una total inmersión. Una brusca introducción a lo que significaba ser la futura reina.

Un día se había acostado siendo la doctora Summerville y, al día siguiente, había salido a la calle enfrentándose a la pregunta: Lady Sabrina, ¿cuándo es la boda?

Sus ojos se nublaron con los recuerdos, mientras se frotaba el brazo donde la marca de los dedos de Sebastian pasaba de negra a un color amarillento. Cerró los ojos con fuerza pero no pudo bloquear la imagen de su rostro. Tampoco su sentimiento de culpa, ni el nudo en el estómago que se le formaba al recordar cómo la había besado en su boca, su sabor y la energía sexual que desprendía.

Se llevó las manos a la cabeza y gritó:

–¡Márchate!

–¿Por qué? ¿Qué he hecho? –Sabrina abrió los ojos y vio que su hermana había entrado en la habitación y se tumbaba boca abajo sobre la cama.

–Hay un vestido, ¿te importa...? –dijo Sabrina, fingiendo estar enfadada, pero contenta de ver a su hermana. Sacó el vestido de debajo de Chloe y dijo–: Me lo voy a poner esta noche.

Chloe observó la prenda que Sabrina estaba colgando en una percha.

–Me gusta el estilo de los cincuenta, pero podrías llevar un poco más de escote.

Sabrina arqueó una ceja.

–Me has preguntado.

–No, de hecho no te he preguntado nada.

–Pues deberías. ¿Tienes idea de cuánta gente lee mi blog de moda? Me consideran una gurú del tema.

–¿Y qué crees que papá va a pensar de eso? –Sabrina señaló la minifalda verde fosforito que su hermana llevaba puesta.

–No la verá –dijo Chloe con una sonrisa mientras se sentaba en la cama.

Fue entonces cuando Sabrina se fijó en lo que su hermana llevaba por arriba.

Chloe sonrió y extendió los brazos para mostrarle la camiseta. Sabrina había visto unas camisetas iguales en las tiendas para turistas de la capital de Vela Main, donde la imagen emblemática se reproducía en todos los productos, desde toallas a tazas. Era la imagen de un príncipe veneciano que había ganado la lucha por la independencia de Vela.

–¿Te gusta? Soy solidaria con el otro lado de la frontera. Dicen que sus ojos te siguen por la habitación.

–Así es –dijo Sabrina. Ella había visto la imagen original en el recibidor principal del palacio real.

–¿No crees que el príncipe pirata se parece al hermano malo? No comprendo cómo alguien pudo pensar que era bastardo –añadió Chloe, estirándose la camiseta para poder ver la imagen del príncipe veneciano, famoso por ser el hombre que luchó para asegurar la independencia de Vela Main frente a Venecia. Por eso y por su excelente carrera como pirata.

Había sido Luis el que señaló su parecido, durante una visita que había hecho la familia de Sabrina el año anterior para comer con la familia real en Vela Main.

–Sus ojos realmente te siguen por la habitación –había dicho ella, mirando la imagen original.

–Sebastian hace lo mismo –había dicho Luis.

–Era muy atractivo. Él –había añadido ella, señalando el cuadro–. No tu hermano.

Luis se había reído al ver que estaba avergonzada.

–Puede que cambies de opinión cuando os conozcáis. Me gustaría decir que Sebastian tiene el atractivo y yo la inteligencia, pero...

–Creo que eres muy inteligente, modesto y atractivo.

Cuando le entraban las dudas Sabrina se recordaba que Luis no podía ser más diferente a su odioso hermano.

Eran como el día y la noche. Sebastian era la noche, aunque sus ojos la hicieron pensar en el cielo más brillante del verano cuando inclinó la cabeza para besarla en los labios.

Al pensar en que podía haber evitado que sucediera, un sentimiento de culpa la invadió por dentro.

Al darse cuenta de que Chloe la estaba mirando, negó con la cabeza.

–Un poco –admitió antes de cambiar de tema.

–Cielos, pareces un anuncio que vende algo saludable... ¿o pasta de dientes?

–Y tú, querida, parece que la prensa haya intentado entrevistarte –estiró los brazos–. ¿Un abrazo?

–Sí, por favor.

Después de abrazarse, las hermanas se sentaron junto a la ventana.

–Estoy celosa de la cantidad de éxitos que has tenido... ¿lo has visto?

Sabrina no fingió no entender nada. Había oído que se había vuelto viral.

–No, estuve allí.

–No te pongas melancólica. Conozco muchas mujeres que pagarían por estar con Sebastian Zorzi en el asiento de atrás de un coche. Además llevabas ropa interior bonita.

–¿No puedes...?

Chloe se rio al ver su reacción.

–No, solo se veía gran parte de una pierna. En serio... –miró a su hermana de forma inquisitiva–. ¡Es muy atractivo! ¿Qué tal si celebramos una boda doble? ¡Yo estoy dispuesta!

–¿Sí, y compartir mi día de protagonismo? –dijo Sabrina, esforzándose por ser amable porque la imagen de su hermana vestida de blanco la hacía sentir un poco revuelta.

–Todos sabemos cómo te gustan esas cosas –Chloe dejó de sonreír–. Brina, ¿estás bien? Solo intento quitarle hierro al asunto. ¿De veras vas a hacerlo?

–¿El qué?

–¿Seguir adelante con ese arcaico plan de matrimonio de conveniencia? No puedes permitir que te utilicen de esa manera, Brina. No está bien.

–No tengo elección.

–Siempre hay elección, Brina.

Sabrina negó con la cabeza y bajó la vista. Era cierto, pero una vez llegado el momento deseaba creérselo.

–Quiero casarme con Luis. Es un chico agradable.

Chloe le agarró las manos y le preguntó.

–¿No crees que mereces algo más que *agradable*? Un marido que crea que eres lo más importante del mundo.

Sabrina tragó saliva para deshacer el nudo que tenía en la garganta. Chloe había puesto voz a los pensamientos que ella ni siquiera se permitía tener.

–¿Desde cuándo te has convertido en un miembro del club de románticos?

Chloe sonrió y se puso en pie.

–Lo disimulaba muy bien. ¿Qué te parece si me pongo esto para esta noche? –pasó la mano por la minifalda que llevaba–. ¿Y así coqueteo con Sebastian?

Sabrina se esforzó para sonreír a su hermana, a pesar de que sentía un nudo provocado por el rechazo en el estómago.

–Chloe, ten cuidado. Sebastian Zorzi no es el tipo de hombre con el que se puede jugar.

Pensó en aquellos ojos azules que cortaban la respiración y se estremeció. Su mirada era aterradora y seductora al mismo tiempo. No quería que Chloe se viera expuesta al peligro que representaba.

«O a lo mejor no quieres que la bese a ella».

–Es peligroso.

Chloe se rio.

–Cada vez suena mejor. ¿Qué tal si nos tomamos una copa de vino para entonarnos? O, al menos, para prepararme para la ducha fría que me espera cuando llegue a mi habitación. ¿Quizá cuando ya hayas vendido tu cuerpo por el bien del país podrías arreglar las tuberías? –sonrió y sacó una botella del bolso que había dejado junto a la puerta–. ¿Tienes copas?

Capítulo 3

SU MADRE entró en al habitación justo cuando Sabrina se estaba colocando el último mechón de pelo.

—Ha habido un desastre con la comida. ¡Ni me preguntes!

Sabrina no preguntó nada, pero la duquesa le contó lo que había pasado.

—Hace una hora me enteré de que la reina es intolerante al gluten y a la lactosa. Hay que revisar la mitad del menú. El cocinero no está nada contento.

—Estoy segura de que todo saldrá bien –la tranquilizó Sabrina–. Respira, mamá –le dijo, agarrándola del brazo.

La duquesa respiró hondo.

—Sí, estoy segura de que tienes razón, pero voy retrasadísima. Ni siquiera he empezado a prepararme, no es que importe mucho. La reina... –bajó el tono de voz y miró hacia atrás como para ver si alguien pudiera estar escuchando–. La reina siempre me hace sentir incómoda. ¡Prometo que esa mujer rejuvenece cada año!

—Mamá, ¡tú siempre tienes muy buen aspecto! –protestó Sabrina.

Su madre sonrió.

—Eres una niña muy buena, Brina. Y tienes razón, por supuesto, a mi edad es una tontería preocuparse por mi aspecto.

–No he dicho eso –protestó Sabrina–. Tienes tiempo de sobra para ir a prepararte.

–No puedo. Le prometí a Walter que repasaría los últimos detalles con él y hablaría con los empleados.

–Déjamelo a mí –dijo Sabrina, convencida de que rechazaría su oferta. Walter, el mayordomo, siempre la hacía sentir como si tuviera diez años otra vez y la hubiera pillado tratando de pegar una pieza de porcelana que acababa de romper–. Tú ve a prepararte.

–¿De veras?

Sabrina asintió.

La duquesa abrazó a su hija.

–Eres un ángel. No sé qué voy a hacer sin ti cuando te cases.

–Más o menos lo mismo que has hecho durante los últimos siete años mientras yo vivía en Londres, solo que a partir de ahora me tendrás más cerca.

–Por supuesto. Eres tan sensata. Nunca nos has dado ni un momento de preocupación, ¡no como, tu hermana! Hablando de Chloe, voy a ir a ver qué se va a poner –al llegar a la puerta, se volvió y dijo–: Estás muy guapa esta noche.

Sabrina sonrió y se alisó la falda del vestido azul de seda, estilo años cincuenta, que llevaba.

–¿Con esto?

–Y te has puesto las perlas de tu abuela –dijo la duquesa, emocionada.

Sabrina acarició el collar que llevaba alrededor del cuello.

–Sabes que estamos muy orgullosos de ti, ¿verdad? Me gustaría que hubiera otro camino. Que tú pudieras...

–Nadie me ha obligado a hacer nada. Luis es un chico encantador y pienso ser muy feliz –agarró a su madre por los hombros para animarla a que saliera.

Nada más cerrar la puerta, dejo de sonreír. La felicidad no era un derecho, en su caso era más una esperanza.

Sabrina no salió a buscar al mayordomo, sabía que él la encontraría a ella. Le informó acerca de las inquietudes de su madre, y él le recomendó que hablara con los empleados para agradecerles el esfuerzo que habían hecho para acoger a la realeza a pesar de que no los habían avisado con antelación.

Después, con Walter, supervisó la mesa que habían preparado en el comedor. Era una habitación que apenas utilizaban, pero esa noche la mesa brillaba gracias a la plata y al cristal. Por suerte, los candelabros disimulaban algunos desperfectos, como por ejemplo la grieta que había en el techo y que los técnicos habían descrito como significativa.

Al parecer, solo había una decisión que tuviera que tomar ella.

—¿Su Eminencia no ha decidido todavía si servimos los aperitivos aquí, o en el salón pequeño?

Sabrina sabía que era una cortesía, porque ya había visto que el salón estaba preparado. No obstante, mantuvo la ilusión de que era una decisión que debía tomar ella y contestó:

—Creo que en el salón pequeño.

El mayordomo dio su aprobación y contestó:

—Me ocuparé de ello. ¿Si no hay nada más...?

—Nada, gracias, Walter —Sabrina se volvió y se acercó a las puertas que había en el otro extremo de la sala y empezó a abrirlas. La última se negaba a ceder y Sabrina blasfemó en voz baja. Le dio una patada con su delicado pie y se detuvo para tomar aire. La misma brisa que Sebastian notó en el rostro cuando llegó a la puerta fue la que hizo que la falda de Sabrina se hinchara alrededor de sus piernas. Él observó cómo suspiraba con los ojos cerrados, sin preocuparse por intentar controlar el movimiento de su falda, a pesar de que se levantaba todavía más.

La postura de su rostro y la elegancia de sus brazos, hicieron que él pensara en una bailarina de ballet. Una idea que se vio reforzada cuando ella echó la cabeza hacia atrás, exponiendo su maravilloso cuello y su delicada clavícula. A través del escote que llevaba el vestido en la parte trasera, pudo ver la parte superior de su omóplato, con forma de media luna.

Sebastian notó que una ola de calor lo invadía por dentro y se olvidó de respirar. El deseo se instaló en la parte inferior de su cuerpo. Había tantas alarmas disparándose en su cabeza que solo era capaz de oír el latido de su corazón, sentir el dolor de su cuerpo y el suave sonido del roce de la tela del vestido contra las piernas de Sabrina.

Entonces, ella abrió los ojos y suspiró. El sonido provocó que Sebastian se despertara del hechizo que lo tenía cautivado. Había sido un suspiro de melancolía.

Ella no se percató de su presencia mientras él cruzaba la habitación. Cuando empujó la puerta con las dos manos, él colocó su mano sobre el cerco.

La puerta se abrió.

–Gracias –Sabrina se volvió con una sonrisa en el rostro. Una sonrisa que desapareció en cuanto vio quién era él.

Sabrina dio un paso atrás tan deprisa que estuvo a punto de perder el equilibrio. El impacto de su presencia provocó que se le formara un agujero negro en el estómago y se le paralizara todo el cuerpo, siendo incapaz de escapar por la puerta. «Se llama deseo, Brina», pensó.

Ignorando la vocecita de su cabeza, alzó la barbilla y miró fijamente a la oveja negra de la familia Zorzi. Sebastian permaneció allí quieto, con su esmoquin y su corbata negra, mirando como si acabara de salir de un plató de Hollywood.

—¡Llegas demasiado pronto!

—No podía esperar para probar la famosa hospitalidad de East Vela —contestó con ironía, mientras la miraba de arriba abajo.

Sabrina jugueteó con el collar de perlas que llevaba, tratando de ignorar el efecto que su mirada sensual provocaba en su cuerpo.

—Me has sobresaltado. Pensaba que eras Walter.

Así que la sonrisa era para Walter.

—Estás... Estás muy bien.

El cumplido no iba acompañado de ninguna sonrisa y el tono era inexpresivo.

—Entonces, ¿debería marcharme y volver después?

Sabrina se sonrojó y movió la cabeza para mirar hacia detrás de él, deseando que apareciera alguien.

No fue así.

—Si esperabas a Luis, está esperando una llamada importante.

Sabrina enderezó los hombros y recordó que ser agradable con las personas que no le caían bien, era parte de su futuro trabajo. No podía permitir que los sentimientos personales se entrometieran.

—No, por supuesto que no. Es que me has pillado por sorpresa y esto es un poco extraño.

—¿Por qué?

Ella apretó los labios y lo miró:

—No tengo buenos recuerdos acerca de nuestro último encuentro.

—A mí se me ocurre uno —bromeó él, mirando la boca de Sabrina.

Cuanto más tiempo se encontraban sus miradas, más denso se hacía el ambiente. Sabrina fue la primera en mirar a otro lado.

–Pensé que era porque habías bebido, pero veo que siempre estás... –se calló al recordar lo sucedido. Aquel día su aliento no sabía a alcohol, solo a menta y... ¡No, no estaba dispuesta a pensar así!

–¿Irresistible?

Antes de que ella pudiera reaccionar ante su comentario, el collar de perlas con el que estaba jugando se rompió.

Sabrina se puso de rodillas y trató de recoger las perlas que rodaban en todas las direcciones.

–¡Oh, no! No, no, no.

–Relájate. No son las joyas de la corona –comentó él, y cuando ella levantó el rostro y vio que estaba a punto de llorar, dejó de bromear.

–¡Márchate! Las joyas de la corona no me importan nada. Es el collar de perlas de mi abuela.

Sebastian frunció el ceño y se acuclilló a su lado. Al ver que ella temblaba ligeramente sintió una presión en el pecho. Hizo todo lo posible por ignorarla, diciéndose que era culpa de una indigestión o de ver que ella estaba a punto de llorar. Nunca le había gustado ver llorar a las mujeres.

–Ella me lo dejó a mí. ¡Siempre lo llevaba puesto y ahora está roto! –olvidándose de las formas, se puso a cuatro patas y se estiró para recoger una perla que se había quedado bajo una silla. Al rozarla con el dedo, la perla se escapó–. ¡No puedo hacerlo! Es tan... ¡No puedo!

–Necesitamos un sistema. Una búsqueda organizada.

«¿Cómo lo llaman? ¿Una búsqueda minuciosa?»

Sabrina lo imaginó moviendo las manos muy despacio, pero la superficie que exploraba y los huecos secretos que encontraba, ¡no tenían nada que ver con el suelo de madera! ¿Qué le estaba pasando?

–Tú cuentas y yo recojo.

Ella se esforzó por regresar al presente. El proceso se parecía a nadar en miel líquida. Era muy tentador probarla.

–No es necesario –consiguió decir–. No soy tan sentimental.

Él ya había levantado el mantel de la mesa. Al oír su comentario, se volvió y dijo:

–Sí lo eres, y está bien. Haz algo útil y sujeta esto hacia arriba. Hay algunas perlas ahí abajo.

Al cabo de unos momentos, Sebastian depositó algunas perlas en la mano de Sabrina.

Ella lo miró y se fijó en que tenía el cabello alborotado, y una pelusa de polvo en la solapa de la chaqueta. Sin pensarlo, estiró la mano para quitársela.

–No tienes por qué hacer esto, ¿lo sabes, verdad?

–Lo sé.

Ella nunca había visto algo tan azul como sus ojos. Eran cautivadores. Haciendo un esfuerzo, retiró la mano y miró a otro lado.

–Muchas gracias. Creo que están todas –dijo al fin, cerrando el puño sobre las perlas.

Sebastian se puso en pie antes que ella y estiró la mano. Tras un instante, Sabrina la aceptó y permitió que la ayudara a ponerse en pie. Al percibir su aroma masculino, notó un cosquilleo en el estómago.

Él le soltó la mano inmediatamente, pero ella todavía sentía el calor de sus dedos cuando se alisó la falda. El deseo sexual que la invadía era tan potente que le daba la sensación que era evidente.

–Llevo años pensando en cambiarles el hilo –comenzó a decir. ¿Qué intentaba hacerle Sebastian?

Nada. Esa era la respuesta correcta, él no tenía que hacer nada.

–¿Lady Sabrina?

Al oír una voz familiar se sintió aliviada.

–¿Sí, Walter? –dijo ella, acercándose a la puerta donde estaba el mayordomo.

–Solo quería informarla de que el duque y la duquesa están en el salón –se volvió hacia Sebastian e hizo una reverencia–. Señor, creo que la familia real acudirá allí directamente.

–Iré allí, Walter –dijo Sabrina, cambiando las perlas de una mano a otra.

–¿Puedo ayudarla?

–Son las...

–Las perlas de la difunta duquesa –el mayordomo esbozó una sonrisa y estiró la mano–. Nunca la vi sin ellas –añadió–. Estarán a buen recaudo conmigo.

Sabrina sonrió y le entregó las perlas.

–Gracias –permaneció allí y se volvió hacia Sebastian. Sin mirarlo a los ojos, gesticuló hacia la puerta–. Te mostraré el camino –sin esperar a ver si él aceptaba la invitación, salió de la habitación sin importarle si parecía que estaba huyendo. Cualquier mujer con una pizca de sentido común correría en otra dirección al ver a Sebastian Zorzi, aunque Sabrina dudaba que alguna lo hubiera hecho. Por suerte a ella nunca le había atraído el peligro, aunque fuera de traje. ¡Era probable que él estuviera más atractivo sin él!

Sonrojándose, Sabrina aceleró el paso, pero apenas había avanzado unos pasos cuando él la alcanzó.

–Nunca conocí a tu abuela, pero he oído hablar mucho de ella. Parece que era una persona peculiar.

–Siempre decía lo que pensaba –y su abuela había dicho a menudo que el plan de casar a su nieta para sellar el trato de reunificación era horrible–. Chloe se parece mucho a ella–. No en el físico, por supuesto.

Su abuela había sido una mujer menuda y delicada mientras que su hermana podría pasar por una deportista olímpica de remo.

–¿Y tú no?

–Mi abuela era una rebelde –dijo Sabrina, consciente de que al hablar de la persona que había sido muy importante durante su infancia, se le formaba un nudo de emoción en la garganta–. Así que, no, no nos parecemos. Yo soy una chica buena, ¿recuerdas? –dijo ella, olvidándose de que se había propuesto no mirarlo.

Sebastian interceptó su mirada y la miró a los ojos antes de fijarse en su boca.

–No siempre –comentó él.

Ella retiró la vista rápidamente y notó que se le sonrojaban las mejillas, al mismo tiempo que el deseo la invadía por dentro.

–Todos cometemos errores. Creo que la clave está en no repetirlos –dijo ella–. Ya hemos legado –añadió, justo cuando una doncella que llevaba una bandeja se inclinó para saludarla. La mujer miró a Sebastian fijamente y estuvo a punto de chocarse con la armadura que había junto a la puerta.

Sabrina miró a Sebastian de reojo y se percató de que ni siquiera se había dado cuenta. «Lo más seguro es que esté acostumbrado a que las mujeres se desmayen al verlo».

Entró en la sala y vio que sus padres la saludaban aliviados. Chloe estaba a su lado jugueteando con la aceituna de su copa.

–Yo solo dije que quizá había cambiado de opinión –se defendió su hermana con cara de inocente. Al ver que Sebastian aparecía detrás de Sabrina lo miró atentamente.

Su padre, se acercó a saludarlo, asegurándole que se alegraba de que estuviera allí.

–Y he de comentarte que te estamos muy agradecidos por sacar a Sabrina de esa situación tan desagradable la semana pasada.

–Por favor, papá, hablas como si hubiera activado una operación de rescate. ¡Únicamente me llevó en su coche!

Sus padres se volvieron y la miraron horrorizados. «¡Sabrina!», la reprobaron en silencio.

Ella se encogió de hombros.

–Bueno, es verdad. Podría haberme ido en taxi y habría habido menos expectación –y ningún secreto con culpabilidad.

–¿Qué te ha pasado, Sabrina? –preguntó la madre, mirando a su hija mayor con horror–. Sebastian, te pido disculpas por...

–No hace falta. Sabrina tiene razón... No fue una molestia. Estaba por la zona.

–¡Quieres decir que acababas de salir de una discoteca!

«Eso es, Brina. Que el agujero que te habías cavado no era lo suficientemente hondo».

–Ah, ¿la discoteca nueva de la que habla todo el mundo? ¿Es un lugar tan libertino como dice la gente? ¿Y es cierto que Laura bailó en *topless* encima de la mesa? –preguntó Chloe, guiñándole un ojo a Sabrina mientras atraía la atención de sus padres sobre sí misma. Sin embargo, antes de obtener la respuesta a sus preguntas, Luis entró en la habitación con sus padres.

Sabrina hizo una reverencia cuando le tocó el turno.

La reina, envuelta en una nube de perfume, colocó la mano bajo la barbilla de Sabrina y ella volvió el rostro hacia la luz, a pesar de que deseaba retirarse con brusquedad.

–Es tan guapa. ¿A que es muy guapa, Ricard? –se dirigió a su marido, quien después de haber arqueado una ceja al percatarse de la presencia de su hijo pequeño, estaba aceptando una copa de champán–. Tiene unos pómulos preciosos.

–Encantadora –comentó el rey, sin mirar a Sabrina para nada y centrándose en la copa que tenía en la mano.

No pudo sujetarla por mucho tiempo. La reina soltó a Sabrina y le quitó la copa a su marido.

–Órdenes del médico –explicó, y se la sustituyó por una copa de zumo de naranja.

Al darse cuenta de que Luis se había acercado a ella, Sabrina se volvió con una sonrisa.

–¿Has tenido un buen viaje? –preguntó, consciente de su falso tono de voz. Si no era capaz de preguntarle algo en esos momentos, ¿cómo sería veinte años después? Desvió la mirada hasta donde estaba Sebastian hablando con su hermana, consciente de que no tenía sentido, pero culpándolo por la terrible sensación de ahogo que sentía en la base del estómago.

–Bastante bueno.

Chloe se había retirado, pero Sabrina seguía oyendo que su hermana se reía con lo que Sebastian le decía.

–¿Y te ha ido bien la llamada, Luis?

–¿La llamada? –repitió Luis, sorprendido y, suspicaz, quizá.

–Tu hermano me dijo que estabas esperando una llamada importante.

Luis pareció relajarse un poco y Sabrina decidió que había malinterpretado su expresión.

–Oh, si, claro. No era muy importante. Sebastian debió de hacerse una idea equivocada.

Cuando cinco minutos más tarde anunciaron que la cena estaba preparada, todos salieron de la sala. El protocolo exigía que el rey, con la duquesa agarrada a su brazo, guiara el camino, seguidos de la reina y el duque. Chloe aprovechó el momento para acercarse a Luis.

–El malo de tu hermano ha estado contándome algunas cosas y no sé si creerlas –se rio y miró hacia atrás un instante–. Cuéntame, ¿cómo sabes si está mintiendo?

–Me duele esa acusación. Yo nunca mentiría –protestó Sebastian, mientras Chloe se llevaba a su hermano.

Al observar ese pequeño intercambio, Sabrina sintió algo parecido a los celos y que provocó que aumentara el conflicto interno que se libraba en su cabeza.

–¿Vamos?

Sabrina miró el brazo que le ofrecía Sebastian y aceptó.

–¿Qué pasa? –preguntó Sebastian, negándose a admitir que sentía pena por ella, al ver que parecía un animalillo asustado.

–Nada –dijo ella–. Es solo... Dame un minuto, ¿quieres?

La pena que había experimentado se convirtió en rabia.

–¿Merece la pena?

El tono de su voz la obligó a mirar hacia arriba. Ella sintió que la rabia la invadía por dentro.

–Estabilidad económica, reducción de la tasa de desempleo, un buen sistema educativo... fondos para... –respiró hondo y añadió–: ¿Merece la pena que me case con un hombre al que respeto y que me gusta? Sí, eso creo –soltó el brazo de Sebastian y alzando la barbilla, avanzó delante de él.

Sebastian la observó y experimentó un sentimiento de algo que se negaba a reconocer como respeto.

Capítulo 4

DESDE su sitio, Sabrina observó cómo Chloe hablaba con los invitados de honor y los hacía reír. Sabrina sentía cierta envidia hacia su hermana porque esta tenía muchas habilidades sociales y se relacionaba con otras personas con mucha naturalidad. Además, aquella noche estaba guapísima con su vestido rojo. Sabrina había tenido que aprender a relacionarse, pero para Chloe era algo natural.

Mientras los camareros empezaban a servir la comida, Sabrina trató de centrarse en lo que decía Luis, que estaba sentado a su derecha. No obstante, su mirada se desviaba al otro lado de la mesa, donde Chloe estaba hablando con Sebastian.

Entonces, cuando un camarero se colocó entre ellos, Sebastian levantó la vista y vio que ella lo estaba mirando. Sabrina, miró a otro lado y agarró la mano de Luis.

Ella ignoró el hecho de que Luis retiró la mano en un primer momento, pero no pudo ignorar la mirada de asombro que le dedicó cuando ella se rio como si él hubiera dicho algo tremendamente divertido.

–Sabrina, cariño –dijo su madre–. Están intentando serviros la sopa. Si has de darle la mano a Luis...

Todo el mundo la miró y Sabrina soltó la mano de Luis, tratando de no sonrojarse. Para su sorpresa, él no la soltó, sino que le giró el brazo y ella se percató de qué era lo que estaba mirando.

Debería haberse puesto maquillaje para disimular los hematomas de su antebrazo. O haberse vestido con manga larga.

–¿Cómo te has hecho eso? –preguntó Luis, mirándola con preocupación.

–Me salen hematomas con facilidad –dijo ella.

–¿Desde cuándo? –preguntó Chloe.

–Deja que te vea, Sabrina.

–Mamá, está bien. Supongo que me los hice cuando me asaltaron los periodistas.

–¡Qué animales! –exclamó su padre, poniéndose en pie enfadado.

–Árnica –dijo la madre, mirando a su esposo. Él se sentó de nuevo–. Ayuda mucho. Me pregunto si tendremos...

–¡Estoy bien! –dijo Sabrina–. No es nada, y... –respiró hondo y dirigió el resto del comentario a Sebastian–. Me gustaría olvidar todo lo que me pasó. Olvidarlo y seguir hacia delante.

Hasta un niño habría captado su mensaje, pero ella no estaba segura de si él lo había entendido.

Fue el rey, que estaba sentado en la cabecera de la mesa, quien continuó el tema.

–A todos nos gustaría seguir hacia delante –comentó de repente.

Era extraño que él y su padre coincidieran en algo, pero, en aquella ocasión, continuar hacia delante le parecía una excelente idea y Sebastian se dio cuenta de que debía actuar en cuanto tuviera la primera oportunidad.

Se sentía como si le hubieran quitado una capa protectora de la piel. No era solo lo que sentía, sino cómo lo sentía.

Él había relacionado las marcas que Sabrina tenía en el brazo con su manera de sujetarla para sacarla de entre la masa de periodistas, en cuanto Luis lo mencionó. Saber que él era el responsable le había provocado una cascada de emociones que no podía identificar, emociones que nunca en su vida había sentido. La intensidad del sentimiento de odio hacia sí mismo que experimentaba era tremenda.

Tras esperar a que todo el mundo le prestara atención, el rey continuó:

—Aunque no parece que tengamos muchas oportunidades de hacerlo debido a que tenemos ese maldito libro —si alguien no hubiera persuadido al equipo legal... —la dirección de su mirada no dejaba dudas acerca de quién era ese *alguien* en cuestión.

La única persona que no parecía incómoda era el objetivo del rey.

Sebastian se encogió de hombros una pizca.

—Me pidieron mi opinión y se la di, padre —contestó Sebastian—. No tengo ni idea de si mi opinión influyó en el consejo que te dieron, pero yo pensé, y sigo pensando, que aunque una ley mordaza podría haber evitado que se publicara el libro en el Reino Unido, solo habría servido para retrasarlo. Y mientras la gente tuviera acceso a los detalles y al libro digital, solo habría servido para hacer publicidad al autor.

—¿Y por qué te preguntaron los abogados? —preguntó Chloe, que había estado siguiendo la conversación con atención.

El rey se rio y, a pesar de la mirada reprobatoria de su esposa, asintió cuando le ofrecieron rellenarle la copa de vino.

—Buena pregunta, jovencita. Durante un tiempo trabajé en ese campo.

–¿Eres abogado? ¿Y cómo yo no lo sabía? –preguntó Chloe a los presentes–. Creía que había leído todo lo que hay que saber sobre ti.

Sabrina, que había sentido que Luis estaba cada vez más tenso, no se sorprendió cuando contestó a Chloe.

–Seguro que has leído sobre mi hermano y sus peleas en las discotecas, Chloe, pero antes de convertirse en el playboy del mundo occidental, se graduó en Harvard y trabajó para el mejor despacho de Nueva York. Incluso le ofrecieron asociarse.

Al mirar a Sebastian, Sabrina vio una expresión que en cualquier otra persona habría considerado que era de vergüenza.

El rey, molesto por la interrupción, continuó con la historia.

–Sebastian eligió arriesgarlo todo y...

–No soy bueno trabajando en equipo, padre –lo interrumpió Sebastian.

–¡Eres un jugador! –lo acusó su padre.

–¡Padre! –protestó Luis.

–Está bien, Luis, a los especuladores del mercado de valores se les suele llamar algo mucho peor.

–Los jugadores pierden dinero, Seb, tú no. Además –Luis se dirigió al resto de los presentes–, Sebastian hace un gran trabajo para una organización benéfica...

Su acalorada defensa termino cuando el rostro del rey pasó de estar colorado a adquirir un color morado. El hombre se aclaró la garganta y comentó enfadado:

–Estoy seguro de que nos sentimos orgullosos por tener un genio de las finanzas y un altruista en nuestra familia.

La reina colocó la mano sobre la de su marido para tranquilizarlo.

–No es el momento, Ricard –murmuró en voz baja.

Todos se quedaron en silencio. Al cabo de unos momentos habló la duquesa.

–Sabrina, ¿me pareció ver que llevabas el collar de perlas de tu abuela?

Sabrina negó con la cabeza al sentir que la rabia se había apoderado de ella. Respiró hondo y suspiró con fuerza. El rey Ricard, era un padre terrible. De hecho, era un abusador.

–He tenido un pequeño contratiempo –consiguió decir, incapaz de evitar que sus ojos se fueran hacia Sebastian. No se merecía que su padre tratara de humillarlo en público, y eso era lo que el rey había intentado hacer.

No lo había conseguido, pero ella suponía que hubo un tiempo en el pasado en que sí lo consiguió, probablemente cuando Sebastian era joven. ¡Ella odiaba a los abusadores! La imagen de Sebastian de niño apareció en su cabeza.

¿Luis también lo había defendido entonces?

Miró a su futuro esposo y sonrió con ternura. Lo admiraba por cómo había defendido a su hermano y se había sorprendido de que lo hubiera hecho. Se sentía un poco avergonzada por haber esperado tan poco de él.

–¿Qué le ha pasado al collar, Sabrina? ¿No lo habrás perdido?

–Por supuesto que no, hay que enfilarlo de nuevo –no pensaba decir nada más, pero en su cabeza apareció una imagen de los dos hermanos unidos contra su padre por miedo. No conseguía borrarla–. Debe estar muy orgulloso de...

El rey tardó unos segundos en darse cuenta de que estaba hablando con él. Sabrina notó que su madre se ponía tensa y eligió no mirarla.

–Orgulloso de sus hijos –continuó con una amplia sonrisa que no solo disimulaba su rabia, sino también el hecho de que deseaba no haber empezado aquello. Sebastian era lo bastante mayor y lo bastante atractivo como para cuidar de sí mismo.

No siempre había sido mayor, pero siempre había sido atractivo. Ella lo imaginaba de niño tratando de gestionar el abuso emocional al que lo sometía su padre, quien lo culpaba injustamente por las infidelidades de su madre. Para Sabrina, no había excusa alguna.

–Y de lo que han conseguido.

«A pesar de ti», pensó, mirándolo a los ojos, consciente de que si dejaba que la intimidara en aquellos momentos habría marcado su camino para los años futuros.

–Han de ser motivo de orgullo para usted –dijo ella, retándolo a que lo negara.

Al cabo de un instante, durante el que ella temió por haber provocado un incidente diplomático, el rey asintió y masculló algo.

–Mi madre –intervino la duquesa, aclarándose la voz–. Mi madre siempre llevaba esas perlas. Eran parte de su identidad. De veras, Sabrina, deberías haber tenido más cuidado. ¿Estás segura de que no se te ha perdido ninguna?

Para cuando se agotó el tema de las pelas, el rey ya había recuperado su color habitual y el resto de la cena transcurrió sin incidentes. Eso sí, el rey no se dirigió ni una sola vez a su hijo pequeño. Claro que, el castigo de silencio tampoco parecía molestar a Sebastian.

Al terminar la cena, el rey se puso en pie y se dirigió a Luis:

–Tenemos que hablar –le dijo, antes de despedirse

con la cabeza de sus anfitriones y marcharse, dejando allí a la reina.

Cuando estaba a punto de marcharse, Luis se inclinó hacia Sabrina.

–Me pregunto si más tarde te apetece dar un paseo conmigo por la rosaleda, Sabrina.

«Para que pueda entregarte el resto de mi vida y me convierta en tu ayudante invisible y madre de tus hijos, ¿no?», pensó ella. Después se sintió culpable porque Luis parecía tan tenso y abatido como ella.

–Eso sería estupendo –dijo con tono educado.

«No se trata de ti, Brina. Se trata de cosas más importantes como el futuro, la educación, el empleo...».

Y podría funcionar. Podrían saltarse la parte de desencanto de muchos matrimonios, ya que nunca habrían estado enamorados.

La voz de su padre la hizo volver a la realidad.

–¿Dejamos a las mujeres a solas, Sebastian? Tengo un brandy excelente en el estudio.

Sabrina se quedó sorprendida, el estudio de su padre era su santuario. No recordaba que él hubiera invitado a alguien a entrar en él. Debía haberle caído bien la oveja negra, o estaba intentando compensar la manera en que el rey había tratado a su hijo Sebastian. Quizá él también se había fijado en lo callado que había estado Sebastian durante el resto de la comida.

La tensión que sentía Sebastian al salir de la habitación detrás del duque no tenía nada que ver con la hostilidad de su padre, sino con el hecho de que Sabrina se hubiera enfrentado al rey para defender a Luis y a él.

Nadie lo había hecho nunca, y al hacerlo probablemente se había convertido en objetivo. Apretó los dientes. ¿No se daba cuenta de que los hombres como su padre respondían a los cumplidos y no a los retos a su autoridad? Chloe lo sabía, la duquesa lo sabía, sin embargo, Sabrina había alzado la barbilla y los había defendido. ¿Es que pensaba que el no podía cuidar de sí mismo?

Él la había visto temblar, no sabía si de rabia o de miedo, pero había estado magnífica. Era una idiota, pero ¡una idiota guapa y valiente!

Sabrina fue a buscar un chal antes de aventurarse en los jardines. No había llegado a la rosaleda cuando Luis apareció más adelante en el camino.

—No encontraba la rosaleda. Me he perdido un poco.

—No pasa nada, es por ahí, detrás de las pistas de tenis, pero no hace falta que vayamos tan lejos. Aquí está bien, ¿a menos que realmente te interesen las rosas? —Luis apartó la vista al ver que ella lo miraba fijamente—. Veo que no —admitió, y se pasó la mano por el cabello. Había heredado el color de su madre.

Ella intentó imaginar cómo sería cuando tuviera diez o veinte años más, pero no pudo. Sin embargo, era capaz de imaginarse a Sebastian. Quizá algunas arrugas en el contorno de los ojos, alguna cana, pero básicamente igual.

«Estás a punto de aceptar la propuesta de matrimonio de uno de los hermanos y estás pensando en el otro, Sabrina».

—Nunca hemos... —se calló, percatándose de que no podía pedirle que la besara para olvidar el beso que había compartido con su hermano—. ¿Puedo pedirte

que hagas algo por mí? –al ver la expresión de su rostro, añadió–. No te preocupes, no voy a pedirte que
me digas que me quieres –al ver que se sonrojaba
comprobó que había acertado en sus sospechas, pero
aquello no se trataba de amor. Ella no amaba a nin-
guno de los hermanos Zorzi.

Con Sebastian se trataría solo de sexo y, con Luis,
se trataría de respeto. El respeto duraba más tiempo y
era una base más sólida para el matrimonio.

–Lo siento, nunca me han propuesto matrimonio y
estoy... Oh, no... mira no tienes que... –se calló al ver
que Luis ya se había puesto de rodillas.

–¿Me harías el honor de...?

–Por favor, sí... ¡Levántate, por favor! Lo siento,
yo...

Luis se puso en pie y le dio una cajita de terciopelo
que contenía un anillo. El diamante era muy grande y
brillaba a la luz de la luna.

–Guau... Es muy grande... Estoy... –se calló cuando
él le puso el anillo en el dedo–. Supongo que como ya
lo llevo puesto he de decir... Sí, quiero.

–Estupendo. Podemos hacer que esto funcione,
¿no Sabrina?

Ella se fijó en su labio superior y vio que estaba
sudando.

–Todo el mundo ha de trabajarse el matrimonio
para que funcione.

–Eso es cierto –dijo él–. ¿Te gustaría acompa-
ñarme mientras se lo cuento a mi padre?

–Esperaré aquí –al ver que se disponía a marcharse, lo agarró del brazo–. ¿Te olvidas algo?

El la miró desconcertado.

–¿Un beso? –dijo medio bromeando

–Por supuesto –la agarró de los hombros y se inclinó hacia ella.

Sabrina cerró los ojos y contuvo la respiración. El roce de sus labios apenas podía considerarse un beso. Ella abrió los ojos e hizo una extraña pausa.

–Deberíamos ir juntos a contárselo a nuestras familias, como un frente unido.

–Ve tú primero. Yo... necesito un momento –un momento para asimilar que iba a casarse con un hombre cuyo beso no tenía ningún efecto en ella, no como el beso que le había dado su hermano. Sabrina suspiró y miró el anillo que llevaba en el dedo. Al asimilar todo lo que conllevaba llevarlo puesto abrió bien los ojos y se quedó helada.

Ya solo le quedaba esperar a que alguien se diera cuenta de que no estaba tan dispuesta a hacer lo que iba a hacer.

Permaneció allí tratando de recuperar la calma y después se dijo en voz alta:

–Es hora de seguir, Sabrina.

–Para ser una mujer que está a punto de cumplir el sueño de cualquier niña, no pareces muy contenta.

Él estaba allí. Por supuesto, estaba allí.

Con el corazón acelerado, ella se volvió justo cuando Sebastian apareció, una sombra oscura entre las sombras.

–La felicidad no es un derecho y yo no soy una niña.

Él se colocó en un lugar más iluminado.

En algún momento, después de la cena, se había quitado la chaqueta. Llevaba la corbata alrededor del cuello y los tres botones de la camisa desabrochados. Al ver el vello viril de su torso, ella se estremeció.

«Basta. No tiene sentido querer algo que no puedes tener». Y debería alegrarse, porque él la utilizaría como utilizaba a todas las mujeres. Claro que, ¿a lo mejor quería que la utilizara?

—¿Cuánto tiempo llevas ahí de pie? —moriría si le decía que había visto la terrible propuesta de matrimonio.

—Tranquila —dijo él—. No te he visto haciendo el amor de forma apasionada entre los arbustos —miró hacia el muro—. Ni contra la pared.

El tono sugerente de su voz provocó que Sabrina se estremeciera.

—¿Cómo te atreves a espiarme? —preguntó, tratando de no pensar en la pared, y en él atrapándola contra ella con el cuerpo.

—¿Espiarte? Casi me pierdo. ¿Cómo iba a saber que mi hermano no se tomaría la molestia de ir dos pasos más allá de la puerta trasera para proponerte matrimonio? —frunció el ceño—. ¡Si es que a eso se le puede llamar propuesta!

—¡Tu hermano es diez veces mejor que tú!

—Oh, mucho más, angelito. Mucho más.

—Y solo porque me trata con respeto y no me toquetea.

—Si te sirve de algo, tú también me besaste.

Ella apretó los labios.

—¡Vete al infierno!

—¡Esa manera de hablar!

—¿Qué puedo decir? Fui a un colegio de monjas.

—Deben estar muy orgullosas de ti. De hecho, el infierno está demasiado caliente para mí en esta época del año. Pensaba en París, ya sabes lo que dicen, París en primavera... Aunque ya es un poco tarde para eso.

—No espero que comprendas el concepto del deber. De hecho, no espero que comprendas nada excepto tu propio egoísmo. ¡Ni siquiera sé por qué lo intento! ¿Alguna vez has hecho algo que no fuera egoísta?

–Mi forma de vida no importa. Es la idea de cómo va a ser la tuya lo que te asusta. Puedes ver el resto de la vida que tienes por delante y no te gusta. Es tu elección, *cara*, así que ¡no me culpes a mí!

Sabrina alzó la barbilla y dio un paso hacia él.

–Mi vida será mucho más satisfactoria que la tuya, a menos que cuentes como satisfactorio perseguir a todo aquello que lleve falda. ¡Y tendré un esposo al que puedo respetar!

Sebastian apretó los dientes y contuvo la respiración al sentir un dolor en el pecho como una puñalada.

Consciente de que los celos solo lo llevarían a un lugar que no quería ir, volcó su frustración sobre la mujer que tenía delante.

–Y Luis va a respetarte también. El sueño de cualquier mujer, supongo, pero por una corona merecen la pena unos cuantos compromisos. Te compadezco.

Ella apretó los dientes.

–¡Ni te atrevas a sentir lástima por mí!

–No siento lástima por ti. Siento... –posó la mirada sobre sus labios. A pesar de las alarmas que sonaban en su cabeza, dio un paso adelante. En ese mismo momento apagaron la luz del salón que iluminaba la zona donde ellos se encontraban.

La luna estaba tras una nube y la oscuridad era total.

Sabrina pestañeó. Era como estar envuelta en terciopelo negro. Sintió un nudo en el estómago y se le erizó el vello de la piel.

Reconocía el peligro. La oscuridad daba sensación de anonimato, y la gente hacía cosas en la oscuridad que no hacía a plena luz. Excepto Sebastian, que hacía lo que quería, cuando quería.

¿Cómo sería ser de esa manera?

–¿Estás bien? –preguntó él con tono de preocupación.

Sabrina soltó una carcajada. ¿Que si estaba bien? Resulta que estaba preocupado después de meterla en un tsunami emocional, y de hacer que se cuestionara cosas que nunca se había cuestionado. Él había hecho que deseara lo que nunca podría tener.

De pronto, ella se percató de que nunca sería feliz, o al menos no estaría tranquila, hasta que perdiera la pequeña esperanza de que el matrimonio no llegara a celebrarse.

Tenía que aceptarlo sin más y no luchar contra ello.

–Te acompañaré dentro.

Él estaba más cerca.

–Así que, de pronto, eres el perfecto caballero –bromeó ella.

Sebastian se estremeció al esforzarse para no tocarla.

–Me lo merecía, pero tú te mereces una proposición de matrimonio mejor.

–No todo el mundo tiene tu don de palabra. Imagino que las únicas proposiciones en las que tienes práctica son en las indecentes.

–Puede que no sepa mucho acerca del deber, pero puesto que has aceptado casarte con mi hermano, estás fuera de los límites. Incluso de los de un sinvergüenza como yo, así que, puedes dejar de mirarme así.

–No sabes cómo te estoy mirando.

–Conozco esa mirada de deseo. Entra ahora que todavía puedes.

Ella se estremeció al oír sus palabras.

–¿Y que pasará si no entro?

–Me estás matando, ¿lo sabes?

–Lo siento –dijo avergonzada.

–Yo también –la observó alejarse corriendo en la oscuridad–. Nos veremos en la iglesia, *cara* –le dijo en voz baja.

Capítulo 5

SEBASTIAN llegó a la catedral pronto. El lugar estaba vacío, excepto por un grupo de personas que estaba retocando los centros de flores que llenaban el espacio con el aroma del azahar.

Él odiaba el intenso aroma, pero era mejor que estar fuera saludando formalmente a los invitados, entre los que había miembros de la realeza europea, jefes de Estado y la élite de Europa.

Durante un día los ojos del mundo estaba centrados en Vela Main. La capital había prohibido el tráfico aéreo durante la celebración. La seguridad era tan extrema que él se sorprendía de que el sol brillara sin haber pedido permiso. Aquel parecía un acto que se hubiera organizado en dos semanas, pero en realidad llevaban planificándolo cinco años. Lo único que necesitaban era una fecha para poner en marcha los planes de boda. Todo estaba pensado, incluso la probabilidad de que la novia hubiera engordado mucho o estuviera embarazada de seis meses.

El único punto de fricción era la presencia de las cámaras de televisión. Al final habían decidido que no tendrían permiso para grabar la ceremonia, pero sí todo lo demás.

Sebastian levantó la cabeza y dejó de pensar en lo horrorosas que le parecían las bodas, cuando el último florista salió por una puerta lateral.

¿Era por el silencio o por el ambiente? No tenía ni

idea, pero, de pronto, los pensamientos de los que había estado huyendo no tenían lugar donde esconderse.

De pronto, reconoció el motivo por el que apenas podía mirar a su hermano sin que le entraran ganas de golpearlo. Estaba celoso.

Sebastian creía que todas las cosas eran transitorias, pero eso no cambiaba el hecho de que deseara a Sabrina. Era algo más que deseo. ¡Se sentía más descontrolado que un adolescente!

¿Por qué sería que siempre deseaba algo que no podía tener? ¿Y por qué cuando se veía obligado a reconocerlo hacía todo lo posible por demostrarle al mundo, y a sí mismo, que no lo deseaba?

Era mucho menos doloroso que le dijeran que no podía tenerlo.

Su sonrisa se volvió triste cuando la voz de su padre retumbó en su cabeza. El recuerdo mantenía no solo las palabras, sino también la entonación. Acababa de cumplir quince años y su hermano diecisiete...

—Sebastian, la semana que viene no irás a la sesión informativa con tu hermano.

Todavía recordaba la terrible sensación que experimentó puesto que había esperado que su padre le diera una palmadita en la espalda.

—Él te pedirá que vayas y tú le dirás que no. ¿Entendido?

Sebastian no lo había entendido. Luis le había suplicado que fuera con él, después de contarle que la primera sesión informativa había sido un infierno. Había durado tanto rato que Luis había estado a punto de quedarse dormido, pero no había podido porque los oficiales del palacio no hacían más que preguntarle cuál era su opinión.

Luis había pensado que era una gran pérdida de tiempo.

Sebastian lo había acompañado, esperando lo peor, y aunque era cierto que algunos temas eran muy intensos, su complejidad no lo había intimidado y él se había mostrado mucho menos reticente que Luis cuando le pedían opinión.

Su padre había entrado en la sala a mitad de la sesión y permaneció observando en silencio. ¿No había visto lo bien que lo había hecho?

–Esas reuniones son para tu hermano. Son parte de su entrenamiento. Un día él será el rey. Necesita saber defenderse a sí mismo. ¿Crees que hoy lo ha hecho?

–No, padre. De hecho yo preferiría estar jugando al cricket. Pobre Luis, supongo que él también preferiría lo mismo –él había tratado de creérselo, porque mentirse a sí mismo era mejor que envidiar a su hermano.

Bueno, él no había estado jugando al cricket durante las dos semanas anteriores, pero sí se había dedicado a disfrutar de los placeres de los que su hermano no podía disfrutar. Incluso había logrado que lo fotografiaran saliendo de varias discotecas exclusivas a distintas horas.

A los periodistas les encantaba. Los titulares hablaban de su desenfreno, e incluso habían hablado de que había tenido dos aventuras amorosas. La verdad era que ninguna de las mujeres en cuestión habían llegado hasta su cama, igual que el resto de mujeres a las que habían fotografiado saliendo de discotecas y subiendo a la parte trasera de una limusina con él.

Sebastian había dormido solo, a pesar de la frustración sexual que lo invadía en todo momento.

Cuanto más trataba de no pensar en Sabrina, más presente estaba ella en sus pensamientos. Su rostro, sus labios, su cuerpo. Bajo circunstancias normales, la situación habría sido muy simple, pero puesto que llevársela a la cama no era una opción, él había tratado de centrarse en su fallos. Curiosamente, aquello solo le había servido para ser más consciente de sus propios fallos, y la diferencia era que los suyos eran reales y los de ella no.

Ella era una persona guiada por el deber, él una persona guiada por el egoísmo.

La vida habría sido mucho más sencilla si él hubiera visto lo que Luis veía al mirar a Sabrina. El problema era que él no veía lo que Luis veía, de hecho, la ceguera de su hermano era otro de los motivos de su frustración. Al hombre le habían dado un regalo y él se comportaba como si fuera una víctima. Era pura ironía. No parecía que su hermano la deseara, mientras que él... Negó con la cabeza. No importaba lo que él deseara, nunca podría tenerlo.

–¿Señor? –inmerso en sus pensamientos, Sebastian no había oído abrirse la puerta.

Volvió su cabeza y vio a uno de los asistentes de su hermano.

–Su hermano me ha pedido que le entregue esto en mano.

Sebastian miró el sobre escrito a mano que el hombre le tendía.

–Gracias –¿Luis le había enviado una nota cuando estaba a punto de verlo? Miró el reloj y se percató de que su hermano ya debería haber llegado.

Negándose a reconocer el nerviosismo que sentía en el estómago, Sebastian abrió el sobre y saco una hoja de papel.

Cuando leas esto ya estaré casado. Es mejor que no sepas dónde estoy.

Sebastian releyó la nota y pasó de la incredulidad a la furia.

Continuó leyendo hasta la mitad y gruñó enojado. Arrugó el papel, lo tiró y permaneció allí de pie, respirando de forma agitada. Por respeto al lugar en el que estaba, blasfemó en silencio y trató de recuperar el control.

¡Su hermano se había marchado de la ciudad!

Sebastian miró al altar, donde momentos antes había imaginado a su hermano arrodillado junto a Sabrina.

Se sintió culpable. Había deseado que no sucediera y no iba a suceder, pero el coste de que su deseo se hubiera vuelto realidad era la humillación de Sabrina.

«¡Sabrina!». ¿Lo sabría? ¿Su hermano le habría enviado una nota también? Estaba dispuesto a darle un puñetazo a su hermano, pero Luis no estaba allí. Estaba en otro lugar con el amor de su vida, y había dejado que el resto recogiera sus pedazos.

Se agachó para recoger la nota y la leyó de nuevo.

¿Que era mejor que él no lo supiera? «Mejor para ti, porque si lo hubiera sabido te habría seguido para darte una paliza, hermano», pensó Sebastian.

Releyó el siguiente párrafo, donde su hermano alababa y defendía a la mujer con la que se había fugado.

Gretchen es una mujer maravillosa... Te encantaría, pero la gente te hablará mal de ella. Ha tenido una vida dur... Las drogas fueron su vía de escape para el abuso que sufría. Nunca ha intentado ocultarme nada.

No quería hacer daño a nadie, pero al final es muy sencillo. No puedo vivir sin ella. A estas alturas, papá habrá recibido mi carta de abdicación. Él te necesitará.

Seb, le he dicho que no soy su hijo biológico. Espero que eso os facilite la situación. A los dos.

Sé que nunca comprendiste cómo empecé a perdonarlo por cómo trataba a madre, pero no lo perdoné a él. Me perdoné a mí mismo por no ser capaz de protegerla... Tú nunca lo hiciste.

Había abdicado. Su padre iba a estar destrozado. Luis siempre había sido su hijo de verdad, el hijo en el que había puesto todas sus esperanzas para el futuro.

Todo lo que hago es una farsa, siempre lo ha sido, y ya no puedo hacerlo más. Habría sido un rey terrible, siempre debiste serlo tú, y ahora lo eres.

Ya puedes dejar de fingir que no puedes hacer las cosas mejor que yo. Yo he estado fingiendo, pero tú también, Seb.

Sebastian respiraba de manera agitada después de leer la nota. No había pensado en lo que implicaba la carta de su hermano, y ni siquiera en esos momentos se dio cuenta de que su vida estaba a punto de cambiar para siempre. Solo podía pensar en lo que faltaba en la nota.

Sebastian le dio la vuelta a la hoja, incapaz de creer que su hermano no había escrito ni un solo sentimiento de arrepentimiento para Sabrina, la mujer a la que había dejado plantada en el altar.

–Alteza.

Sebastian se volvió y vio que uno de los secretarios privados de su padre estaba en lugar donde, minutos antes, estaba el asistente de su hermano.

–Su padre desea hablar con usted.

Sebastian se puso en pie.

–¿Lo sabe?

El hombre asintió.

–¿Y cómo está?

–Sobre todo disgustado.

La última vez que su padre lo había llamado a su despacho, Sebastian tuvo que esperar media hora para pasar. En esta ocasión, las puertas de los aposentos de su padre estaban abiertas y lo hicieron pasar enseguida.

Sebastian se esforzó por contenerse. El rey Ricard había llevado sus sesenta años bastante bien y, aparte de la tripa y de las canas de su barba, tenía el mismo aspecto que veinte años antes. No obstante, parecía haber envejecido mucho desde la noche anterior.

–Luis...

–Ya no tengo un hijo llamado Luis, y tú no tienes hermano –el rey golpeó la mesa con el puño, miró a su hijo y se volvió, pero no antes de que Sebastian viera las lágrimas en sus ojos.

¡Su padre había perdido a su hijo favorito y al legado que quería dejar de un solo golpe! Él quería pasar a la historia como el rey que había reunificado la isla, y ese sueño se había desvanecido.

–¿Estás bien?

–Es un poco tarde para mostrar preocupación por mi bienestar. Cómo me siento no es importante. El futuro de nuestro linaje, mi legado, la reunificación es lo que es importante. Tú y él... Tú sabías que no era mi hijo. Supongo que ambos pensasteis que era una venganza para castigar a vuestra madre. Sé que ambos me culpasteis a mí... Esa mujer... ¡Yo la amaba!

–Sin embargo, la hiciste una desdichada –Luis tenía razón, de todas las cosas que su padre había hecho, esa era la única que Sebastian no había sido capaz de perdonarle. ¿Y podría perdonarse a sí mismo? ¿Por qué iba a hacerlo? Había visto morir a su madre poco a poco y no había sido capaz de parar lo que estaba sucediendo. Debería haber sido más fuerte.

–¿Tú crees que yo era feliz? Ella nunca me amó. Yo lo sabía. Estaba dispuesto a pasar por alto su aventura cuando salió a la luz y... Nada de esto importa ahora. Lo que importa es salvar nuestros planes. La reunificación es lo único que importa. Hemos de pensar hacia delante... Retrasarla sería desastroso.

–¿Los Summerville se han enterado?

–El duque está furioso, y no me extraña.

–¿Cómo está Sabrina?

Su padre frunció el ceño.

–¿Quién?

Él apretó los dientes.

–La novia.

–Ah, bueno, disgustada, supongo. Dudo que supiera algo de esa mujer, así que ha debido ser una sorpresa.

–¿Pero tú lo sabías?

–¿Crees que no os tengo controlados? Sé que el año pasado no tuviste una aventura con esa mujer casada, aunque parecía que te gustaba permitir que el mundo pensara lo peor de ti –comentó secamente.

Sebastian se encogió de hombros con impaciencia.

–No sirve de nada que me cuentes los informes acerca de mi vida privada para sentir que llevas ventaja. Sabías que Luis estaba enamorado de otra mujer y, aun así, lo empujaste al matrimonio.

Sus palabras no impactaron al rey,

–Sabía que él había tenido una aventura con una

mujer de pasado turbulento. Le pedí que parara. Sabía que él quería contárselo a la... a Sabrina, pero lo convencimos de que no lo hiciera.

—¿Cuánto tiempo lleva pasando todo esto?

—Unos dos años.

Sebastian se sentó en una silla.

—No puedo creerlo.

—Al contrario que tú, él ha sido muy discreto.

Sebastian levantó la cabeza.

—Así que, ¿está bien mientras nadie se dé cuenta? Lo empujaste al matrimonio. ¿No se te ocurrió que era injusto...?

—Él me prometió que todo había terminado y yo lo creía.

Sebastian se asustó al ver que su padre se tambaleaba y que su rostro se tornaba más pálido de lo que estaba.

—¿Estás bien?

—Estoy bien —el rey se sentó en una silla y, enfadado, agarró la mano que le ofrecía su hijo—. No voy a pasarte la corona todavía.

—No quiero tu corona.

El rey soltó una carcajada.

—¿Estás seguro? La gente siempre te ha mirado a ti. Tu hermano... No, tú no tienes hermano. Yo no tengo hijo... ¡El bastado se ha ido! —se callo y tomó una bocanada de aire mientras sus labios se tornaban morados.

—Voy a llamar al médico —antes de poder alzar la voz para llamar al asistente que estaba en la puerta, el padre agarró el brazo de Sebastian para llamar su atención.

—No, solo dame el frasco que hay en el cajón.

Sebastian abrió el cajón.

—¿Este?

Su padre asintió.

–Una bajo la lengua –al cabo de un momento, asintió–. Así está mejor.

–¿Cuánto tiempo llevas enfermo?

–No estoy enfermo.

Sebastian le acercó un vaso de agua.

–¿Cuánto tiempo?

–Es solo una angina.

–¿Luis lo sabía? –confiaba en que la respuesta fuera no, porque el hermano al que quería y admiraba no podría haber hecho lo que había hecho sabiendo que su padre estaba enfermo del corazón.

–Era necesario que lo supiera. Era el heredero.

–¿Y yo no?

–Tú no querías saberlo, pero ya no tienes elección. Tú, que Dios nos ayude, eres el futuro de nuestro país.

Sebastian miró hacia arriba, pero vio que el techo permanecía en su sitio a pesar de que la sensación era de que se estaba cayendo. Su celda no tenía barrotes ni candados. Se esperaba que entrara en caída libre. El diablo había ido a buscarlo.

–Entonces no hay presión.

–No seas tan listo, Sebastian.

El comentario provocó que Sebastian soltara una carcajada.

–¿Pretendes que lo asuma así, tal cual?

–Pretendo que cumplas con tu deber. Tu problema es que todo lo has tenido demasiado fácil. Al contrario que tu hermano nunca has tenido que trabajar para conseguir algo. Eso, y tu problema con la autoridad –soltó una carcajada–. Ahora la autoridad eres tú –durante un momento, la idea le pareció divertida al rey. Después volvió al tema en cuestión.

–El conde Hugo está informando a la prensa. Quiero que tú se lo anuncies a los invitados. Es muy importante que vayamos todos a la par, para minimizar los daños, así que nos aliaremos con los Summerville. Tu madrastra está con ellos ahora, y después de un tiempo anunciaremos que tú y la chica... Sabrina... habéis decidido casaros.

–Siempre supe que eras despiadado. ¿No crees que después de esto Sabrina puede tener otras ideas? ¿Que a lo mejor no le gusta que la manipulen como a una marioneta?

–No es una marioneta, será la reina, y si piensas que sus padres están menos comprometidos con esto que nosotros, te equivocas.

Sebastian volvió la cabeza y miró hacia la pared de atrás, donde la luz entraba por la ventana tintada y generaba un arcoíris sobre el muro de piedra. Respiró hondo y trató de contener la rabia que surgía en su interior.

Era irónico, en cierto modo era la oportunidad que siempre había esperado, el momento definitivo para poder lanzarle a la cara a su padre todas sus expectativas y el sentido del deber.

Era el momento, pero por mucho que deseara gritar: ¡al *demonio con el deber!*, y marcharse, no podía hacerlo. No podía luchar contra el deber, y al final haría lo que esperaban de él. La idea le provocó una sensación de miedo... y no solo por él.

–¿Alguien le va a preguntar a Sabrina qué quiere hacer?

–Sabe cuál es su deber, igual que tú –el rey no lo dejó contestar–. Ahora hay que reducir los daños al máximo. ¿Sabes dónde está tu hermano?

–Pensaba que no tenía hermano.

–Si va a hablar con los periodistas necesito saber dónde está.

–Quieres decir que necesitas silenciarlo.

–Mi intención es razonar con él a través de un intermediario. Puede que siga dispuesto a continuar dándole su generosa asignación. No todo el mundo es tan cabezota como tú, Sebastian.

Capítulo 6

SABRINA permaneció en una esquina.

Su madre estaba llorando en medio de la habitación y Chloe le había prestado un hombro sobre el que llorar. La reina Katherine le ofrecía una copa de brandy, casi tan grande como la que ella se estaba bebiendo.

Su padre estaba de pie, de espaldas a ella, hablando con el secretario privado de Luis y con un grupo de oficiales de palacio. La conversación no era privada, los comentarios de su padre podían oírse desde lejos.

La gente parecía haberse olvidado de que ella estaba allí.

Ella deseaba no estar. Cerró los ojos y se imaginó en las montañas, sintiendo el viento en el rostro, el... El dolor que sentía en la mano la hizo regresar al presente.

Tenía los dedos blancos por apretar el papel arrugado con fuerza. Levantó la mano y flexionó los dedos para recuperar el riego sanguíneo.

Se cambió la nota de mano. Había tenido que leerla tres veces para poder asimilarla. De hecho, todavía no lo había conseguido, pero finalmente había ido a los aposentos de su madre para anunciarle que la boda se había cancelado y que si alguien podía anunciárselo a los invitados.

—Los nervios de última hora, cariño. Lo recuerdo bien. Estás preciosa, y ese tono de pintalabios te queda muy bien. Las flores serán...

–No, mamá, se ha cancelado de verdad. Luis se ha marchado... Ha dejado una nota. Quiere a otra persona y, al parecer, no puede vivir sin ella –no comentó que Luis había revelado el secreto de su nacimiento, y que el hijo bastardo era él, y no Sebastian.

–No seas tonta, cariño.

–Ha abdicado.

Aquella palabra impactó. A Sabrina le había pasado lo mismo al verla en la hoja. Había tenido que releerla. El texto había provocado multitud de emociones en ella, humillación, alivio, culpabilidad. Había recuperado su libertad, pero ¿a qué coste?

–No puede abdicar. Tú ibas a ser la próxima reina. La palabra *reina* salió en forma de llanto. Al oírla, Sabrina se puso en pie y echó a los estilistas que esperaban para darle los últimos retoques a la duquesa.

Su madre no reaccionó ante la expulsión.

–Dame Olga iba a cantar durante la ceremonia. Ha cancelado un concierto en el Met para venir aquí. Llama a tu padre y dile que solucione todo esto.

–No creo que pueda solucionarse, mamá.

–¿Qué has hecho?

Sabrina dio un paso atrás al oír el ataque.

–¿Qué dijiste para que él tuviera que hacerlo? ¿Dijiste que querías seguir trabajando? ¡Lo sabía! Le dije a tu padre que era un error permitirte que tuvieras una profesión... Aquí está –suspiró aliviada al ver que se abría la puerta.

Su padre, acompañado de los miembros de su equipo, permaneció en la puerta.

La duquesa se cubrió la boca con las manos para contener el llanto.

–Tranquilízate, Olivia –soltó su marido– Hemos de limitar los daños. ¿Dónde está...? Ah, ahí estás,

Sabrina. Al menos hay alguien que no se ha desmoro-
nado –comentó con aprobación–. No podemos hablar
aquí. ¿Vamos al...? –arqueó una ceja y miró a uno de
los empleados del palacio que había entrado con él.

–El rey me ordenó que preparara el salón de la zona
sur, Eminencia.

Todos se reunieron en el salón de la zona sur y después de media hora de conversación, no habían llegado
a nada.

Sabrina sabía que debía sentir algo más, al fin y al
cabo, era a ella a quien habían humillado. Algo que
no podría olvidar mientras su madre estuviera recor-
dándolo cada cinco minutos.

¿Alguien se daría cuenta si ella no estuviera allí?

Se quitó el velo y lo dejó caer al suelo. Se habría
quitado el vestido allí mismo, pero entonces repara-
rían en su presencia. Una mujer desnuda solía llamar
la atención.

Luchó contra la tentación de quitarse la diadema
de la cabeza, y la liga de encaje que le había regalado
su hermana se le había escurrido por el muslo. Todo
estaba mal, incluso antes de que Luis hubiera decidido hacerle caso a su corazón.

Y, a pesar de que todos opinarían que estaba loca,
ella lo admiraba por haber tenido el valor de marcharse. La novia a la que Luis había dejado plantada
era probablemente la única persona de la habitación
que apoyaba su decisión.

Ella sabía lo que era aceptar algo cuando lo que se
deseaba era gritar no. Sabía lo que se sentía al cumplir
con el deber. Luis había hecho lo que ella no había
tenido valor de hacer. Él había sido sincero, pero ¿sería capaz de vivir con el sentimiento de culpa?

De pronto, la necesidad de salir del salón se hizo imperiosa. ¡Si se quedaba un instante más explotaría!

Los hombres que estaban en la entrada continuaron mirando hacia delante cuando ella salió.

Deseaba irse a casa.

–¡Sabrina!

Ella ignoró la voz y comenzó a bajar por la escalera de caracol. Demasiado deprisa para los zapatos de tacón que llevaba.

El palacio era como un laberinto, pero ella estaba convencida de que se dirigía a los establos. A partir de ahí su plan era un poco incierto, pero quizá podía funcionar.

–¡Sabrina, para!

Ella suspiró, se agarró a la barandilla y se volvió para mirar a su hermana.

–Sabrina, ¿qué estás haciendo?

–No lo sé –miró el pedazo de papel arrugado que llevaba en la mano–. Hacía demasiado calor para mí allí dentro. Necesitaba aire fresco.

–Fuera no es el mejor sitio para estar. Hay cientos de invitados...

–Sabrán que el novio se ha marchado antes de que se cierre la puerta del establo. Y hablando de establos... Creo que esta escalera lleva hasta allí. Y no habrá ningún invitado en ese lugar.

–Así es, pero deberías volver. Hay...

Sabrina negó con la cabeza e interrumpió a su hermana.

–La respuesta es no a todo lo que me pidan. Quiero un día sin tener que decir o hacer lo correcto.

Chloe se levantó la falda del vestido y bajó las escaleras.

–Me parece bien. Bueno, estaré encantada de decirles que se vayan. O podría escaparme contigo. ¿Te parece bien?

–¿Por qué no?

–Nunca imaginé que me dirías que sí –admitió.

–¿No hablabas en serio?

Chloe apoyó la mano en su brazo.

–¡Claro que sí! –dio un paso adelante y se detuvo–. Mamá siente haber gritado. Está asustada, ya sabes.

–Como Luis... Bueno, no como él. No creo que él esté asustado. Creo que se ha dado cuenta de lo que quería. Ama a otra mujer.

–Tiene sentido, y, para que lo sepas, yo en tu lugar no sería tan comprensiva. Si se ha dado cuenta de lo que quería ¿por qué no lo hizo la semana pasada, o el año pasado? Incluso ayer. ¿Por qué ha esperado hasta hoy? Es...

–Una total pesadilla –convino Sabrina, pensando con culpabilidad en la luz del final del túnel.

–¿Te imaginabas que iba a hacerlo?

Sabrina negó con la cabeza.

–No tenía ni idea –suspiró–. Necesito un poco de espacio.

–Yo te lo puedo ofrecer –Chloe la guio hasta la vuelta de la esquina–. Siempre tengo una ruta de escape. Anoche quedé con un par de amigos... después del horario que me impone mamá. Aparcamos aquí. ¿Te gustaría dar una vuelta?

–No son coches –dijo Sabrina al ver los dos monstruos relucientes que habían aparcado allí. Ni siquiera se le ocurrió preguntar quiénes eran los dueños

–¿No te había contado que he aprendido a montar? –Chloe agarró el casco de la primera moto y comenzó a ponérselo–. Es bastante fácil.

–¿Quieres que me siente en la parte de atrás con esta ropa?

Chloe se había agarrado la falda del vestido y ya estaba subida en la moto. Le lanzó a su hermana un juego de llaves y el otro casco.

–No, espero que me sigas con esa moto –contestó, arrancando el motor de la suya.

–Esto es una locura, Chloe.

–Cierto, pero si hoy no haces locuras, ¿cuándo las vas a hacer, Brina? ¡Vamos!

Sabrina la miró y negó con la cabeza.

–No podría.

Ella miró a su hermana.

–¿Y yo podría?

–Anoche fuimos a nadar a la playita que hay junto a las ruinas romanas donde inauguraste la exposición el sábado?

–¿A nadar?

Estaba segura de que había miles de motivos por los que aquello era una mala idea, pero solo se le ocurría uno.

–No tengo bañador.

Chloe sonrió.

–Tampoco teníamos bañadores anoche. Es una playa casi privada.

Su padre había llegado hasta la puerta cuando su respiración comenzó a empeorar. El médico, al que habían llamado contra el deseo de su padre, dijo que le recomendaba reposo como precaución.

Fue media hora más tarde cuando Sebastian, salió de la habitación del rey y se encontró a uno de los ayudantes del duque.

–Alteza –el hombre parecía agitado–. ¿Están aquí?

–¿Quiénes?

–La señorita Sabrina y la señorita Chloe. No tenemos ni idea de dónde se han ido y la duquesa esta muy nerviosa. Ha decidido que las han secuestrado.

–Considerando el nivel de seguridad que hay aquí, lo dudo. Tengo una idea. Déjamelo a mí –dijo, dejando al hombre allí de pie. Sebastian avanzó por el pasillo y llamó al jefe del equipo de seguridad mientras avanzaba.

Contestaron inmediatamente.

–¿El pequeño fallo de seguridad del que hablamos anoche?

–La señorita Chloe y la otras damas de honor llegaron sanas y salvas a sus aposentos, señor. Ni se dieron cuenta de la presencia del equipo de seguridad.

–¿Dejaste las motos donde estaban anoche?

–Sí. ¿Algún problema?

Sebastian se dirigió a la escalera que había a su izquierda. Iba directamente a los establos, donde la noche anterior, Chloe y sus amigos pensaban que habían burlado la seguridad del palacio.

Las manchas de aceite del suelo mostraban dónde habían estado las motos, y las huellas de las ruedas en el polvo la dirección en la que se habían marchado.

Apretando los dientes con frustración cerró los ojos un instante. Al momento, un sonido llamó su atención y los abrió. Esperó y oyó el ruido otra vez. Tardó unos segundos en reconocer lo que era.

Encontró un pedazo de seda antes de ver el resto del vestido y a la mujer que lo llevaba. Sabrina estaba de pie junto a una moto que estaba caída en el suelo, tras haberse chocado con una pared.

–Espero que tengas seguro –le dijo, al ver el estado en que estaba la moto.

Sabrina se sobresaltó y se giró hacia él.

–No es mía –le dijo, conteniéndose para no lanzarse entre sus brazos. «Estoy peor de lo que pensaba». Cualquier mujer que pensara que entre aquellos brazos se encontraría cómoda y segura, necesitaba terapia.

–Chloe me dijo que era fácil –suspiró mirando la moto con odio– No lo es. No puedo hacer nada bien, ni siquiera salir huyendo... –su voz tembló y una lágrima rodó por su mejilla.

Él puso una media sonrisa.

–¿Pensabas que podrías escapar subida en una moto con ese vestido?

Siguiendo la dirección de su mirada, Sabrina miró hacia abajo y, al pensar en las mujeres que habían cosido las miles de perlas sobre la seda blanca, se sintió culpable. ¡El vestido estaba destrozado! Tenía manchas de aceite y un roto en la falda, que se había hecho al tratar de montar en la moto arrancada.

–Chloe lo consiguió. Estará preocupada, preguntándose dónde estoy. Pensará que he hecho una tontería.

–¿Como montar en moto con tu vestido de novia? No te preocupes, enviaré a alguien para que le diga que estás bien.

Sabrina negó con la cabeza.

–No quiero que envíes a nadie. Sé que te han mandado para que me hagas volver –se cruzó de brazos y lo miró desafiante con sus ojos marrones–. No iré.

Sebastian la miró unos instantes y sintió algo de lástima por ella.

–¿Sabías que él iba a hacerlo? –le preguntó.

–No. Me dejó una nota –contestó él.

–A mí también –le mostró el papel arrugado–. ¿Sabías que había otra mujer?

–No.

–Ah, bueno –suspiró ella–. Ya ha terminado.

Quizá era bueno que ella pensara de esa manera, él creía que no sería capaz de soportar la verdad. ¿Y él?

–Vamos –le dijo.

–¿Dónde? –preguntó ella.

–¿Dónde pensabas escapar con Chloe?

–A la playa que está pasadas las ruinas romanas. Íbamos a ir a darnos un baño.

–Muy bien.

Ella pestañeó.

–¿Qué quieres decir?

–Quiero decir que te llevaré con Chloe –extendió las manos al ver que ella lo miraba suspicaz–. No hay trampa –se dio la vuelta y se dirigió entre los garajes hasta donde su hermano guardaba sus coches. Le quitó la funda a un deportivo y dijo:– Es de Luis. Nunca lo cierra –Sebastian no tenía problema en usarlo. Luis le había regalado su vida y su prometida, aunque ella no se había dado cuenta todavía, así que suponía que el coche también sería suyo.

Mientras seguía a Sebastian, Sabrina se percató de que salir huyendo no le serviría para nada.

Él se volvió y arqueó una ceja.

–¿Vienes?

–Debería volver.

Él no dijo nada, simplemente permaneció mirándola. Ella respiró hondo y se decidió por un camino intermedio.

–Muy bien, iremos a buscar a Chloe y volveremos.

Sebastian arrancó el motor mientras ella todavía se estaba acomodando en el asiento. Salieron por la entrada de los establos y atravesaron los prados vallados por los que Sebastian sabía que no se encontrarían a nadie.

Sabrina permaneció en silencio hasta que llegaron a las curvas características de esa zona de la costa.

–Luis dijo algo en su carta.

Él la miró un instante.

–¿Es verdad? ¿El rey no es su padre?

–¿Tiene importancia en estos momentos? Luis es idiota por decírtelo... Y por decírselo a cualquiera.

Ella estaba sorprendida por su actitud. Había visto con sus propios ojos cómo se comportaba su padre con él, y podía imaginar el efecto que tuvieron sobre él los titulares acerca de la aventura amorosa de su madre, y los rumores acerca de su nacimiento.

–La gente comentó muchas cosas acerca de ti. Tú podrías haberles dicho la verdad.

–Yo soy muy resistente y creo firmemente en el viejo refrán que dice que lo que no mata, engorda. No me importa lo que dice o piensa la gente. Siempre encontrarán algo sobre lo que escribir. Habría sido más difícil para Luis.

Ella negó con la cabeza, preguntándose si se lo había repetido tantas veces que había acabado creyéndoselo.

–¿Qué ocurre? –preguntó ella, al ver que aminoraba la marcha. Antes de que Sebastian contestara, el vehículo se detuvo por completo.

–No estoy seguro –admitió Sebastian, golpeteando el volante con los dedos antes de abrir la ventana y asomarse. Fue entonces cuando olió el humo... Era inconfundible.

–Espera aquí.

Salió del coche y se acercó a las personas que habían abandonado sus vehículos. Algunos estaban señalando, y él vio el humo saliendo de detrás de una colina. Sabrina salió del coche con un nudo en el estómago y corrió hasta Sebastian.

Sebastian se detuvo y sugirió a los conductores que retiraran los coches a los lados para que los vehículos de rescate pudiera pasar.

–Te he dicho que esperaras en el coche –le ordenó.

–¿Qué pasa? ¿Crees que Chloe...?

Él apoyó las manos sobre sus hombros y, a Sabrina, el contacto le pareció reconfortante.

–No ganamos nada sacando conclusiones. Voy a ver qué pasa. Espera aquí. Regresaré en cuanto pueda.

Otros conductores ya corrían hacia el accidente, pero Sebastian los adelantó a todos.

A Sabrina no se le ocurrió obedecerlo, pero cuando giró en la curva, y vio la escena devastadora, él ya no estaba por ningún sitio.

¿Chloe estaría allí?

Asustada y con el corazón acelerado, Sabrina pasó junto a un camión cisterna que estaba atravesado en la carretera bloqueando ambos carriles. Ella se detuvo para mirar. Era como una escena de guerra de las que se ven en la televisión. La gente de los coches de alrededor estaban mirando consternados, algunas personas estaban tumbadas en el suelo. Todo estaba lleno de cristales y el humo hacía que le doliera la garganta y le picaran los ojos.

En la distancia, un coche estaba ardiendo, lanzando llamaradas al aire. Si el fuego alcanzaba al camión cisterna... Intentó sobreponerse al miedo y salió corriendo entre los heridos.

Al ver a Sebastian en la distancia suspiró aliviada. Un par de instantes después se percató de que llevaba a alguien en brazos. Apenas acababa de ver el vestido verde cuando hubo una gran explosión, lo bastante fuerte como para tirar a los hombres que estaban cerca de Sebastian.

Sebastian se tambaleó, pero consiguió mantenerse en pie, sin realmente darse cuenta de que una esquirla de metal le había cortado la mejilla. Cuando avanzó hacia delante, vio una chispa y, antes de que pudiera apartarla, el vestido de Chloe se había prendido.

La dejó en el suelo y se quitó la chaqueta para tratar de apagar las llamas. Otro hombre hizo lo mismo y lo ayudó hasta que el fuego quedó apagado.

Chloe abrió los ojos y lo miró.

—Tienes un aspecto terrible... ¿Ese olor soy yo? Mamá se pondrá furiosa por lo del vestido.

—Está bien. Tú estás bien —dijo él, confiando en que fuera verdad, pero no tenía ni idea.

—¡Sebastian!

El ruido de un helicóptero sobrevolando la zona ahogó el sonido casi por completo.

Sebastian volvió la cabeza hacia la voz y la vio corriendo, esquivando obstáculos a su paso. Sabrina gritaba algo, pero él no podía oírla por culpa del helicóptero.

Se puso en pie y se tambaleó. Podía reconocer el rostro de Sabrina, pero las palabras, los gemidos y todo lo demás quedaron solapados por el ruido de las sirenas de las ambulancias y de los camiones de bomberos que se acercaban a la zona.

Eso fue lo último que Sebastian oyó antes de caer al suelo.

Capítulo 7

MÁS TARDE, la secuencia de imágenes permanecía borrosa en su cabeza. Ella recordaba haber visto a Sebastian, y la sangre que le cubría el rostro. Después lo había visto caer, y todo sucedía una y otra vez hasta que conseguía pronunciar su nombre.

¡Sebastian! El grito retumbaba en su cabeza. Ella lo había llamado mientras avanzaba entre los restos del accidente.

Con el corazón acelerado y muerta de miedo, ella se arrodilló donde él estaba tumbado boca abajo, con la cabeza hacia el otro lado. Tenía un brazo por encima de la cabeza y él otro atrapado bajo su cuerpo.

Él gimió y a ella le entraron ganas de llorar al ver que estaba vivo.

—Estás vivo. Oh, cielos, no te mueras, no te mueras... Por favor, Sebastian. ¡Ayuda! Que venga alguien, él está vivo...

Aquello era demasiado para ella. Había tanta destrucción a su alrededor que parecía el rodaje de una película, pero ¡era real!

Avanzó de rodillas hasta donde estaba su hermana con los ojos cerrados. Nadie había oído su grito de ayuda, la gente estaba ocupada llorando, sangrando o muriendo, pero lo intentó de nuevo.

—¡Ayuda!

Apareció un hombre con la camisa rota y la cara negra por el humo.

Se arrodilló junto a Sabrina y le tomó el pulso. Ella le retiró la mano. ¿No se daba cuenta de que estaba bien?

–Vas a ponerte bien...

–Mi hermana... Sebastian.... –ella acarició el cabello de su hermana y señaló hacia donde Sebastian estaba tumbado.

Sin separarse de Chloe, observó cómo el hombre trataba de girar a Sebastian. Estaba a mitad del procedimiento cuando se percató de lo que sabía cualquiera que tuviera conocimientos de primeros auxilios... ¡Y ella era doctora!

Se acercó y agarró el brazo del hombre.

–¡No lo haga! Puede que tenga una lesión espinal. Necesita...

En ese momento, Sebastian gritó de dolor y el hombre lo soltó inmediatamente.

–¡Le está haciendo daño! –exclamó Sabrina.

–Lo siento, solo intentaba ayudar.

Ambos se volvieron al ver que Sebastian terminaba de colocarse antes de volver a quedarse inconsciente.

El hombre blasfemó al ver la cara de Sebastian.

–Está hecho un desastre.

Sabrina apretó los puños.

–Está bien... Oh, tu cara... –le acarició el lado del rostro que no estaba herido y le retiró el pelo de la frente.

El hombre se alejó.

–Eh, él es el hombre que sacó a la chica del precipicio.

Dos hombres que pasaban por allí, ayudando a caminar a una mujer, se pararon y miraron a Sabrina y Sebastian.

–Espera, enseguida vendrán a ayudarte.

–Estoy bien, pero ellos... –comentó con voz temblorosa.

El hombre asintió y gritó al resto:

–Que venga uno aquí urgente: ¡pérdida de sangre, varios cortes faciales, contusión en la cabeza!

–¡Brina!

–Chloe –antes de que Sabrina pudiera reaccionar ante el gemido de su hermana, dos hombres se acercaron. Ella se retiró a un lado y permitió que examinaran a su hermana y le colocaran una vía antes de subirla a una camilla.

Cuando Chloe vio a Sabrina trató de quitarse la mascarilla de oxígeno de la boca.

Sabrina cubrió la mano de su hermana con la suya.

–No, déjatela –Chloe cerró los ojos–. Es mi hermana –le explicó a los médicos mientras corría a su lado.

–Nos ocuparemos de ella –dijo uno de ellos–. Se la llevarán en helicóptero.

Ella regresó hasta donde estaba Sebastian y observó mientras preparaban a su hermana para llevársela. La explosión fue ensordecedora.

Sabrina reaccionó tirándose sobre Sebastian. No tenía ni idea de cuánto tiempo llevaba allí, y todavía le pitaban los oídos cuando los médicos la levantaron.

Uno comenzó a examinar a Sebastian, el otro enfocó la luz de una linterna a los ojos de Sabrina. Ella le retiró la mano.

–¿Puedes caminar?

Ella asintió.

–Estupendo –le colocó una manta térmica sobre los hombros y gritó–. ¡Una herida que puede caminar, chicos!

Ella alzó la barbilla.

–No, no voy a separarme de él –había dejado que se llevaran a Chloe, pero ya era demasiado.

El médico le contestó enojado.

–Mira, hay gente por aquí que necesita mi ayuda y...

Una mujer se acercó a Sebastian y le ajustó la vía que le había colocado en el brazo.

–Un poco de consideración, hombre, ¿no te das cuenta de que están recién casados? –señaló el vestido de boda que llevaba Sabrina.

Él blasfemó en voz baja y miró a su colega, que seguía arrodillada junto a Sebastian.

–¿Está listo para moverlo?

Ella asintió.

–Está estable, y tiene noventa y cinco de saturación. Es un chico duro.

El hombre agarró a Sabrina del brazo.

–Puedes acompañarlo.

–Gracias –dijo Sabrina. Y se sintió más agradecida cuando, de camino al hospital en la ambulancia, Sebastian recuperó la consciencia en dos ocasiones. Y al oír la voz de Sabrina, dejó de intentar desabrocharse las cintas de seguridad que lo retenían, antes de que pudieran sedarlo de nuevo.

Sabrina no esperaba que su anonimato durara mucho tiempo. Sabía que ella era menos conocida, pero le parecía inevitable que alguien terminara relacionando al herido de la camilla con el príncipe.

Hasta ese momento, nadie lo había hecho, y era difícil imaginar que en el hospital pudieran darle un trato mejor cuando se enteraran de que era el príncipe. Sabrina consideraba que no era prioritario explicar que no estaban recién casados, porque sabía que si no, no le darían los resultados de las pruebas que le estaban haciendo a Sebastian.

El personal era amable y trató de informarse sobre el estado de Chloe, pero no fue capaz de localizar a su hermana en el sistema.

Era muy frustrante que nadie pudiera decirle dónde estaba su hermana, pero al menos sus heridas no eran de gravedad. Tenía una herida en la cabeza y debían ponerle puntos. Además, insistieron en que se quedara en observación toda la noche.

–Espero que no le importe compartir –dijo la enfermera mientras metía la cama de Sabrina en una habitación donde ya había otra cama.

–Por supuesto que no.

La enfermera sonrió.

–Imagino que no era vuestra idea para pasar la luna de miel, pero pensamos...

Sabrina miró a la persona que estaba tumbada en la a otra cama.

Era Sebastian, y tenía mucho mejor aspecto que cuando lo había visto por última vez. A pesar de que llevaba el rostro vendado y tenía hematomas en la piel. Las manos también las llevaba vendadas.

–¿Siente dolor? –susurró ella, sabiendo que le habrían administrado analgésicos.

–No, le han puesto mucha medicación, así que cuando despierte a lo mejor está un poco adormilado –le advirtió la enfermera–. El gotero solo le administra suero.

Sabrina asintió, mirando la etiqueta de la bolsa.

La enfermera le dio un apretoncito a Sabrina en la mano.

–Ha tenido mucha suerte. El cirujano que le ha suturado el rostro es uno de los mejores cirujanos plásticos que hay. Aquí tenemos muy buenos médicos, pero el doctor Clare es el mejor. Y, al parecer, solo había venido a la isla para la boda real. Me pregunto cómo ha ido. En cualquier caso, cuando se enteró de lo que había pasado, vino a ofrecernos su ayuda. Pensé que debía saber que su esposo ha recibido los mejores cuidados. Estoy segura de que más tarde un médico le informará sobre su estado, pero por ahora estamos saturados.

—Gracias. ¿Y sus manos...?

—Heridas superficiales.

—Y mi hermana, Chloe, ¿alguien la ha...?

Sabrina vio que la chica dudaba y se preparó para lo peor.

—¿Se refiere a la señorita Chloe Summerville?

Sabrina asintió.

La chica la miró asombrada.

—Entonces, ¿usted es...?

—De momento, preferiría pasar desapercibida.

La enfermera asintió y sonrió.

—Han llevado a su hermana en helicóptero hasta la Unidad de Quemados de la península. Creo que sus padres fueron con ella... —la chica le enseñó un timbre que estaba al lado de la cama—. Por favor, llámeme si necesita algo, seño... Sabrina.

Sabrina miró el timbre. Lo que realmente deseaba era volver a la escalera desde donde podía haber regresado al palacio. Eso no sucedería, porque el mundo no era justo. Si lo fuera, sería ella la que habría experimentado las consecuencias de sus actos, y no Chloe o Sebastian.

Si pudiera cambiarles el sitio, lo haría sin pensarlo.

«Eso es fácil de decir», Brina, oyó que se mofaba la vocecita de su cabeza. «Y más cuando sabes que no puedes».

Las enfermeras estuvieron entrando toda la noche para comprobar cómo evolucionaba Sebastian. Y cuando veían que ella estaba despierta solo le decían que él estaba bien.

Eran las dos de la madrugada cuando apareció en la habitación un secretario del rey.

Al principio, el hombre no reparó en Sabrina. Estaba impresionado por ver a Sebastian en ese estado.

–¡Lady Sabrina! –exclamó negando con la cabeza–. Está aquí. Es intolerable que Su Alteza, o usted, tengan que compartir la habitación con alguien.

–No pasa nada –dijo Sabrina–. Están faltos de espacio y yo me marcharé a casa por la mañana ¿Si hay alguna noticia sobre mi hermana, me las hará llegar?

–Por supuesto, qué pena, y cuando todavía estábamos recuperándonos de lo de esta mañana. El rey está... Bueno, quería venir, pero tuvo un incidente cuando se enteró.

–¿Un incidente?

–Un problema de corazón. No era un ataque, ya sabe, pero la reina está con él y se encuentra bien –añadió–. Quería venir, pero tiene suerte de no haberlo hecho, así no ve que tratan a su hijo como a un paciente corriente... Por supuesto, si no hubiera salido sin seguridad... Da igual, pondré todo en marcha.

–Al menos no hay periodistas escondidos tras las cortinas para sacar un foto.

El hombre se frotó la barbilla al escuchar el comentario de Sabrina.

–Sin duda garantiza el anonimato, y la idea de que al príncipe lo hayan tratado como a uno más será buena para su imagen, ya que lo hará parecer un hombre del pueblo. Quizá para esta noche podamos dejar las cosas como están –señaló con la cabeza hacia la cama donde estaba Sebastian–. ¿Sabe si tendrá cicatrices?

–Supongo que sí –dijo ella, y cerró los ojos. No quería oír a aquel hombre comentando algo positivo acerca de que Sebastian se hubiera quedado marcado de por vida.

Estaba harta de la gente que pensaba que la verdad era algo sucio, y que siempre elegía las apariencias frente la honestidad.

A veces, la verdad era solo la verdad, daba igual cómo se manipulara. Y en ese caso la verdad era que dos personas cercanas estaban heridas por su culpa.

Una serie de imágenes invadió su cabeza. Sebastian burlándose de ella, Sebastian distante, Sebastian besándola, Sebastian sonriendo... Siempre Sebastian.

Cuando abrió los ojos, el secretario del rey se había marchado. Ella miró hacia la cama de al lado y vio que Sebastian estaba despierto y mirándola. Sus ojos azules parecían empañados por la medicación.

–Hola –dijo ella.

–Yo... –él se humedeció los labios–. Estaba buscando a Chloe.

A Sabrina se le llenaron los ojos de lágrimas.

–La encontraste.

–¿Dónde está este...?

–Es un hospital. Estás herido, pero vas a ponerte bien. La habitación, es divertido... –dijo ella, ignorando el dolor que sentía al reírse–. Creen que estamos casados.

–¿Casados? Sí, ahora lo recuerdo. Yo soñaba con ello. Te besé –sonrió él–. Recuerdo que estabas preciosa –cerró los ojos sin dejar de sonreír, y al momento se quedó dormido.

Satisfecha por que él estuviera descansando cómodamente, ella se quedó dormida hasta que la despertaron.

El hombre que iba a llevarla en la silla de ruedas le explicó que querían hacerle un TAC antes de que le dieran el alta.

Ella miró a Sebastian y vio que seguía dormido.

–No necesito un TAC.

–Yo no soy médico, ¿y usted?

Ella debería haberle dicho que sí, pero no lo hizo.

–Puedo caminar.

–Podría, pero si se cae, el responsable sería yo.

Ella se sentó, sujetándose la parte trasera del camisón para cubrirse el trasero.

–Los he visto peores –dijo el celador–. ¿Están recién casados? No se preocupe, no tardará mucho y él seguirá aquí cuando usted vuelva.

Así fue, Sebastian estaba allí cuando ella entró en la habitación tras pasar junto a los guardas de seguridad que estaban en el mismo sitio que cuando ella había salido.

Ya no estaba en la cama, sino de pie junto a una puerta y con un gotero portátil. Durante su ausencia le habían quitado la venda y le habían puesto una cura casi transparente que permitía ver la herida que le habían curado. Sabrina se sintió aliviada por lo que vio. El hombre que lo había operado era tan bueno como le había dicho la enfermera. Gracias a su profesionalidad, el hombre había podido ver más allá de los hematomas y el hinchazón que hacía su rostro irreconocible.

Al mirarlo, ella sintió algo más allá de la empatía. Ni siquiera era culpabilidad, era más... El nombre de lo que sentía permanecía allí, fuera de su alcance.

Cuando sus ojos se encontraron, la mirada de Sebastian transmitía dolor y agotamiento. Ella sonrió y lo miró de arriba abajo. No llevaba ropa de hospital, sino un par de pantalones de deporte negros y una camiseta que resaltaba los músculos de su cuerpo. Tratando de combatir sus hormonas, ella bajó la vista.

–¿Te han dado permiso para levantarte?

Sebastian agarró el gotero con su mano vendada y caminó hacia ella, consciente de lo que ella veía cuando lo miraba. Se había convertido en un hombre con el rostro destrozado, alguien por quien sentir lástima, alguien con quien pronto tendría que convivir, y acostarse con él aunque no le gustara.

Y Sabrina nunca le daría la espalda al deber.

Sebastian se dio la vuelta al sentir que lo invadía la rabia.

—Ya lo ves, estoy de pie. Se supone que el cirujano va a venir en... —se miró la muñeca y blasfemó, después blasfemó de nuevo cuando golpeó el gotero contra una mesa que estaba a los pies de la cama.

—¿Qué pasa?

—No pasa nada. Me he dejado el reloj en el baño y este trasto es...

—Yo lo buscaré —Sabrina pasó a su lado para ir al baño—. ¿Cómo te sientes? —preguntó ella, mientras recogía el reloj del borde del lavamanos.

—Más o menos según el aspecto que tengo. Bajo mis circunstancias, no puedo decir que *atractivo* sea la palabra adecuada.

La amargura de su voz provocó que ella hiciera una pausa, él no podía culparla más de lo que ella se culpaba a sí misma. Si no hubiera escapado de sus responsabilidades, Sebastian y su hermana se habrían enterado del accidente por los periódicos.

—La cicatriz casi desaparecerá —parecía un cliché, y parecía que nadie iba a responder. Sabrina respiró hondo y se preparó para enfrentarse a Sebastian y a la rabia que sentía, cuando oyó una voz que la hizo detenerse.

—¡Fuera todo el mundo!

Al reconocer la voz del rey Ricard, Sabrina decidió no salir del baño.

–Creía que habías sufrido un ataque al corazón, padre.

–Un pequeño incidente cardíaco, eso es todo –le corrigió el rey–. Tienes un aspecto terrible. ¿Qué estabas haciendo en esa carretera con las hermanas Summerville?

–Íbamos a bañarnos.

–No me provoques, Sebastian.

–¿Debería pedirle a la enfermera que entre otra vez? –preguntó Sebastian con preocupación al ver que su padre tenía gotas de sudor en el labio superior.

–Es una doctora, no una enfermera, y no, ya hace mucho calor aquí.

–No hacía falta que vinieras en persona. Podrías haberme enviado unas flores, pero estoy afectado, de veras.

–¿Por qué todo te parece broma? Esta es la clase de actitud que hace que para mí sea necesario venir en persona. Las noticias dicen que tú y las hermanas Summerville estáis implicados en el accidente. Sin embargo, hay buenas noticias. Han decidido que has sido un héroe. No me importa si lo has sido o no, así es como te ve la gente.

Sabrina podía oír satisfacción en la voz del monarca. La imagen de sus padres sentados a su lado apareció en su cabeza. Lo último de lo que hablarían sería de cómo los medios habían publicado la historia. ¡Mientras que en esa habitación, el rey ni siquiera le había preguntado a su hijo cómo estaba!

–Y eso es lo que importa, la imagen y no la verdad.

Sabrina abrió bien los ojos. Era como si Sebastian hubiera leído su pensamiento, aunque él parecía más resignado que enfadado.

–No me hables en ese tono santurrón, Sebastian. Tú no eres tan inocente. La familia real es un pro-

ducto y nuestro trabajo es promoverlo. Tú eres mi
heredero.

–Haces que parezca tan atractivo, padre –Sabrina
oyó las palabras de Sebastian–. ¿Se te ha ocurrido que
a lo mejor digo: gracias, pero no, gracias?

–Siempre pensaste que podías hacer mi trabajo
mejor que yo. Ahora tienes la oportunidad de demos-
trarlo.

–Hablas como un verdadero manipulador.

–¿Hay alguna mujer en tu vida, ahora? –Sabrina
oyó que el rey suspiraba enfadado–. Muy bien, da
igual, pero si la hay, rompe con ella. Más tarde, si eres
discreto, no veo motivo por el que no puedas tener
aventuras, pero hasta que no estés casado no quiero
ningún escándalo. Conseguir que ella colabore va a
ser delicado, después de lo que ha hecho tu hermano.

–Creía que no tenía hermano.

El rey ignoró el comentario.

–El duque y la duquesa se han vuelto muy sensi-
bleros. Su actitud es muy decepcionante. Supongo
que con la otra hija en el hospital... Con suerte se lo
plantearán de nuevo más adelante. Sin embargo, por
el momento dicen que no obligarán a Sabrina a casarse contigo. Dicen que es su elección. Así que es tu
trabajo asegurarte de que ella toma la decisión correcta. No debería resultarte muy difícil. Ella tiene
mucho sentido del deber y tú mucha mano con las
mujeres. ¿Me he explicado bien?

–Perfectamente.

Desde su escondite, Sabrina percibió burla en su
tono de voz, pero el rey pareció no percatarse.

–De alguna manera, el accidente podría ser una
bendición. Al menos mantendrá el tema de la boda
fuera de la primera página.

–Hablas como un verdadero narcisista. ¿A quién le

importa el dolor, el sufrimiento y la pérdida, si nos resulta útil?

–Al menos reconoces que somos un equipo... Por fin. En esto de la realeza es mejor dejar fuera al amor.

–Me dijiste que querías a mi madre.

–Y eso nunca me dio momentos de felicidad. ¿Qué es lo que quieres? Por el amor de Dios...

–Cinco minutos, Alteza.

–De acuerdo, pero ten cuidado con lo que haces con esa silla. Sebastian, hablaremos más tarde. No le digas nada a la prensa hasta que no hayas hablado con Hugo, y si alguien te llama héroe intenta parecer modesto. ¿Quién sabe? La cicatriz igual resulta útil.

Sebastian esperó hasta que el séquito de la realeza saliera de la habitación, dejando a dos guardas en la puerta, y se dirigió al baño. Sabrina estaba sentada en el suelo, con la barbilla apoyada en las rodillas y la espalda contra en la pared.

–Imagino que lo has oído todo.

Sabrina levantó la cabeza y se retiró el cabello del rostro.

–Así que me van a pasar al siguiente hermano.

«Que no me quiere más de lo que me quería el primero».

Ella sabía que era irracional, pero, por algún motivo, aquella información le resultaba más dolorosa que la humillación que había sufrido en manos de Luis.

La creencia de que estaba haciendo lo correcto le había permitido tener un enfoque pragmático ante la idea de casarse con Luis aunque no hubiera amor de por medio. No obstante, al saber que a Sebastian lo presionaban para que aceptara lo que su hermano había rechazado, Sabrina no podía ser objetiva. La idea de vivir una mentira con Sebastian le horrorizaba.

¿Cuánto tiempo pasaría antes de que él hiciera lo que su padre había sugerido y tuviera una aventura?

—Ya lo has oído –sus miradas se encontraron–. Podrías negarte. Parece que tus padres han cambiado de opinión. Se habrán dado cuenta de que la vida de sus hijas es más importante que las conspiraciones políticas –la miró y vio tristeza en sus ojos oscuros–. Sin embargo, ¿tú no, verdad? A ti te han lavado el cerebro desde que naciste para ser una mujer sacrificada. No querías casarte con Luis, pero estabas preparada para hacerlo, estabas preparada para acostarte en su cama y dejar que te hiciera el amor mientras tú planificabas el menú de la siguiente semana.

—Intentaba no pensar a tan largo plazo.

Ella no se había dado cuenta de que era así. Nunca se había imaginado en la cama con Luis. Nunca había pensado en su cuerpo desnudo, ni en su boca, o en cómo sería el tacto de su piel contra la suya. No obstante, desde el primer momento en que vio a Sebastian, no había parado de pensar en todas aquellas cosas. ¡Y mucho más!

Pensaba en ello en ese mismo instante y, al sentir que aumentaba la temperatura de su cuerpo, agradeció el frío de las baldosas sobre su espalda. Se puso en pie.

—No sé por qué estás enfadado conmigo. No te he oído decirle *no* a tu padre. Tienes que hacer algo que no quieres... oh, bueno... ¿Crees que a mí me gusta sentirme como un par de zapatos usados que ni siquiera me quedan bien? Pero si tienen buen aspecto, qué importa que te destrocen los pies...

Él la miró unos instantes antes de soltar una carcajada.

—No, no lo hice, ¿verdad? Estoy igual de sorprendido que tú de ver que no voy a aprovecharme de la oportunidad que me ha enviado el cielo para golpear a mi padre cuando está en baja forma.

Al respirar, el pecho de Sebastian se movía de forma pronunciada y ella se fijó en el triángulo de sudor que se marcaba en su camiseta. De pronto, la culpa se apoderó de ella. No había tenido en cuenta que él estaba sintiendo bastante dolor, a pesar de que fuera demasiado cabezota para admitirlo.

El resopló y la miró a los ojos. Sabrina fue incapaz de evitar su mirada.

–Zapatos...mmm... No creo... Ni siquiera los de tacón alto, tan sexys, aunque puedo verte en ellos. De hecho me haces pensar en... –posó la mirada sobre sus labios–. Seda... Y creo que podríamos encajar muy bien –se llevó la mano vendada a la parte de la cara que tenía herida–. Si es que eres capaz de pasar esto por alto en la oscuridad.

El último comentario la hizo volver a la realidad. Cerró los puños y comentó entre dientes:

–Sí, porque yo soy una mujer superficial... Alégrate de estar herido, porque sino te estaría pegando –pasó junto a él y entró en la habitación.

Ella oyó que se reía y notó que entraba de nuevo en la habitación. Se dirigió a la cama donde había dormido y agarró la bolsa de plástico que contenía la ropa que llevaba cuando llegó allí.

Sujetando la bolsa contra su pecho, se volvió despacio e, inmediatamente, se olvidó de lo que estaba a punto de decir.

–Vuélvete a la cama.

–Eso es lo que diría una esposa.

Ella se contuvo para no ayudarlo, y mantuvo una expresión neutral cuando él gruñó de dolor al acostarse en la cama.

Sebastian sacó una almohada antes de tumbarse

del todo. Cuando terminó, una fina capa de sudor cubría su piel.

—¿Qué? ¿No vas a ahuecarme las almohadas?

—¿Cuándo ha sido la última vez que te han puesto analgesia?

—¿Importa?

—Sentir dolor cuando hay analgésicos no te hace más hombre, ¡te hace más estúpido!

En silencio, él admitió que probablemente tenía razón.

—No tienes muy buenos modales con un convaleciente.

«Podría tenerlos».

Asustada por la idea que había invadido su cabeza, Sabrina bajó la mirada y se aclaró la garganta antes de contestar:

—¿Quieres que llame a la enfermera?

—Puesto que han pasado treinta segundos desde que una de ellas colocó una mano fría sobre mi frente, supongo que no tendremos que esperar mucho a que aparezca una —comentó él—. ¿Y tú cómo estás?

—Estoy bien, apenas estoy herida —admitió.

—¿Y Chloe?

—No lo sé. La han llevado a una unidad de quemados. Es muy injusto. Yo provoqué todo esto y Chloe y tú estáis pagando por ello.

Él arqueó una ceja.

—¿Y por qué es culpa tuya?

—Yo me escapé —pestañeó al sentir las lágrimas en sus ojos.

—Fue un accidente, Sabrina, un cúmulo de circunstancias. Castígate si quieres, pero sospecho que Chloe se beneficiará de una respuesta menos autoindulgente.

Ella se puso tensa en un principio, después reconoció que tenía razón. Se frotó los ojos y respiró hondo.

–Tienes razón –admitió–. Mis padres están con Chloe. Ahí es donde debería estar –apretó los dientes, pensando en cuánto tiempo podría estar a su lado.

Sebastian la miró a los ojos. La huella de las lágrimas, las ojeras, el cabello color miel suelto y enredado... Y, sin embargo, seguía estando preciosa. Su cuerpo, magullado y roto, reaccionó ante esa belleza y el deseo se mezcló con un sentimiento de ternura que lo pilló por sorpresa.

–¿Lealtad familiar?

Sabrina se encogió de hombros.

–Es lo que hacen las familias.

–La tuya, a lo mejor.

–¿Tu padre y tú siempre...?

–¿Si siempre nos hemos odiado?

Ella lo miró a los ojos.

–No iba a decir eso.

–No, estoy seguro de que ibas a tener más tacto. Mi padre nunca me perdonó por haber nacido, ni siquiera después de descubrir que yo era su hijo, no como Luis. Yo nunca lo perdoné por matar a mi madre. Bueno, no la mató exactamente. No hacía falta. Quizá la amaba. No lo sé, pero selló su futuro el día que se casó con ella. Era muy joven y el matrimonio era...

Desde donde estaba, Sabrina podía percibir su emoción. Años de rabia y resentimiento que habían dominado su infancia y moldeado su vida adulta.

–De conveniencia –comentó ella–. ¿Cómo era tu madre?

–¿Luis nunca te ha hablado de ella? –preguntó él sorprendido.

–Nunca hablamos mucho.

Él permaneció en silencio unos instantes.

–Era delicada. Y sensible. Tímida. Yo deseaba que

se enfrentara a él —admitió —. No podía. No iba con ella. Es irónico... Luis hizo lo que siempre quisimos que ella hiciera. Escapar. Ella no lo hizo. Era como ver un pájaro salvaje atrapado en una jaula. Doloroso, sobrecogedor, pero sabíamos que aunque alguien le abriera la puerta ella habría estado demasiado asustada como para escapar.

Al oír sus palabras, Sabrina sintió ganas de llorar. No solo por la mujer infeliz que él describía, sino también por sus hijos. Ella siempre había pensado que una madre debía proteger a sus hijos, pero, al parecer, en el caso de Sebastian y su hermano, los papeles se habían invertido. Respiró hondo y deseó que ningún hijo suyo tuviera que pasar por lo mismo.

—Quizá sabía que su deber era quedarse —sugirió ella—. Sé que te parece una palabra fea, pero ¿no es eso lo que vas a hacer al casarte conmigo?

—¿Acabas de proponerme matrimonio, Sabrina?

—Espero que eso suceda cuando no estemos cerca de alguien que esté preparando una nota de prensa, ¿no te parece? Sin fingir, dadas las circunstancias.

La expresión de Sebastian no mostraba el alivio que ella había anticipado, aunque lo más probable era que estuviera sintiendo dolor. Desde luego, no se quejó cuando una enfermera entró para suministrarle analgésicos.

Sebastian sintió el efecto de la medicación casi de inmediato y, segundos después, tenía los ojos cerrados. Cuando apareció una segunda enfermera para entregarle a Sabrina una bolsa con ropa limpia, se había dormido.

Ella se cambió en el baño para no molestarlo. De camino a la puerta se detuvo y lo miró. Dormido, parecía más joven.

Incapaz de contenerse, se acercó y estiró el brazo

como para acariciarle la mejilla. Se detuvo a tiempo. Una intensa sensación surgía de la base de su estómago... no de su corazón. La gratitud era algo natural. Sebastian había salvado a Chloe. Y Sabrina y él habían vivido el mismo trauma.

Sería un acuerdo, no un matrimonio.

Capítulo 8

ACORDARON celebrar una boda civil a la que asistió un grupo pequeño de personas además de la familia inmediata. Se sacaron fotos, y se publicarían una semana más tarde con una nota oficial.

Ya estaba casada. Sabrina no estaba segura si debía sentirse diferente. Miró a su esposo, que estaba sentado a su lado. Había algo en él que provocaba que ella se pensara todo dos veces, incluso si quería darle conversación. Sabrina no quería.

Se encontraban muy cerca, pero estaban en mundos diferentes. El viaje lo hicieron en silencio y él solo había hablado cuando se subieron al coche y ella le dijo que quería ir al hospital a ver a Chloe. Él asintió y le dio instrucciones al conductor. Después, cuando llegaron al hospital, Sebastian sacó un ordenador portátil y dijo:

—Esperaré aquí.

Así que Sabrina entró en el hospital privado de Londres acompañada por dos hombres del equipo de seguridad. Se dirigió hacia la habitación donde su hermana había pasado las últimas semanas. Chloe iba a recibir el alta antes de la boda, pero una infección había provocado que el injerto que le habían hecho en la pierna no se curara bien , y tuvieran que empezar de nuevo con el doloroso proceso.

La cantidad de sufrimiento que había soportado su

hermana hacía que su situación pareciera insignificante. Sabrina respiró hondo antes de entrar, y se puso una bata estéril. El sentimiento de culpa era su problema. No era algo con lo que quisiera cargar a Chloe, su hermana ya había tenido bastante, pero Sabrina sabía que era culpa suya. Si ella no se hubiera escapado, Chloe no estaría tumbada en la cama de un hospital.

−¡Hola!

Chloe estaba tumbada en la cama, con la parte inferior del cuerpo bajo una estructura que mantenía la sábana separada de su piel. Tenía el rostro más delgado y estaba muy pálida, pero su sonrisa era igual de radiante.

−¿Qué tal ha ido?

Sabrina acercó una silla e hizo lo posible para suavizar la verdad con humor.

−Ya sabes... el ambiente de una boda de urgencia. Sin el embarazo, por supuesto. Muchas miradas y sospechas, y cuatro hombres vigilando la puerta para que no entrara nadie.

−Suena divertidísimo.

−Ha sido más o menos lo que esperaba, y esta vez el novio ha aparecido, algo que mucha gente consideró un plus −añadió Sabrina.

−Bueno, creo que has tenido una buena escapatoria. Imagínate viviendo toda la vida con un hombre que estaba enamorado de otra.

Chloe hablaba como si creyera que Sebastian la amaba. Si eso la hacía feliz, Sabrina no veía motivo para corregirla.

−¿Y dónde está él? Me olvidé de darle las gracias por la cesta de frutas que trajo esta mañana, así que dale un beso de mi parte.

−¿Has visto a Sebastian esta mañana?

–¿No te lo ha dicho?

«¿Decírmelo?» Sabrina tragó saliva.

–Se habrá olvidado –contestó. No quería decirle a su hermana que apenas hablaban.

¿De veras habían pasado dos meses desde que pasaron veinticuatro horas en una habitación de hospital la noche del accidente? Desde entonces, apenas había estado a solas con Sebastian.

–Viene casi todas las mañanas... Tiene babeando a todas las enfermeras. Sabes que si no te hubieras casado con él, me lo habría quedado yo, ¿no? Si no me hubiera sacado de ese barranco, no habría aguantado mucho más –se estremeció–. Sé que ahora solo tendríamos relaciones sexuales por lástima, pero...

–¡Chloe, no digas eso! –dijo Sabrina, con los ojos llenos de lágrimas–. Los médicos dicen que las cicatrices se...

–Tendré cicatrices, y, al contrario de las de tu marido, no serán muy sexys. Y aunque todos sabemos que lo que cuenta es cómo es la persona, en el mundo real, bueno... –respiró hondo y se secó las lágrimas de los ojos. Ella sonrió–. No me hagas caso, Brina. Tengo un día malo. Sebastian es un buen hombre, y nos hemos hecho amigos gracias a las cicatrices.

Sabrina se quedó media hora más antes de obligarse a marchar del lado de su hermana.

Sabrina tenía la marca de las lágrimas en las mejillas cuando regresó al coche y Sebastian experimentó un sentimiento protector.

–¿Cómo está Chloe? –le preguntó.

–Está siendo muy valiente, pero creo que tiene mucho dolor, aunque ella dice que no. Te da las gracias por la fruta.

Él asintió.

—Te estoy agradecida, Sebastian.

—No quiero tu gratitud.

Ella trató de mantener la calma.

—Tú no quieres una esposa —soltó ella—. No obstante, resulta que tienes una. Y soy yo. Es casi obligatorio hablar con ella.

Él cerró el ordenador y la tensión acumulada durante los días anteriores se mostró en su rostro.

Al ver infelicidad y rabia en el rostro de Sabrina, experimentó la culpa que lo había acompañado durante las últimas semanas. Semanas en las que se había sometido a una completa inmersión acerca de lo que implicaba ser el heredero y durante las que había sentido mucho respeto hacia su hermano.

Al menos, ya sabía dónde se estaba metiendo. ¿Y Sabrina? Ella no estaba preparada para lo que se avecinaba, igual que le había pasado a su madre. Sin embargo, ¿se lo había advertido? ¿Le había abierto la puerta de la jaula dorada y después la había cerrado? El odio lo invadió por dentro. No era mejor que su padre.

—¿Qué quieres que te diga? Podía haberle dicho que la deseaba más de lo que nunca había deseado a una mujer, pero el deseo no era excusa para el hecho de que se hubiera aprovechado de su ignorancia

Sabrina alzó la barbilla con orgullo, pero la frialdad del tono de Sebastian resultó más doloroso de lo que ella estaba preparada para admitir. Cada vez era más evidente que él no necesitaba nada de ella.

—Creo que ya has dicho bastante.

Durante el viaje, Sabrina lo miró en alguna ocasión. ¿Qué estaría pensando? Era imposible saberlo. Nada traspasaba la máscara de acero que parecía su rostro, solo la mirada ocasional de sus ojos azules le recordaban al hombre que había sido dos meses antes. Dos meses había sido el intervalo que habían considerado adecuado que pasara, entre que un hermano la dejara plantada y se pudiera casar con el siguiente.

Sabrina se preguntaba qué habría pasado con el príncipe playboy que se aseguraba de estar en el lugar adecuado diciendo lo inadecuado delante de las cámaras, y sintió cierta nostalgia.

¿Habría desaparecido para siempre? Ella recordó las palabras delicadas que él le había susurrado al oído, al ver que le temblaba la mano, mientras esperaban la llegada del juez.

—Tranquila, considera este día como cualquier otro, no es diferente al de ayer, ni al de mañana. No tengas expectativas... Yo no las tengo. No espero nada de ti.

Quizá él no, pero otras personas sí. El consejero del rey, justo antes de la ceremonia, le había recordado que el destino de la nación yacía sobre sus hombros.

—El príncipe Sebastian es impredecible. Está haciendo un gran esfuerzo, pero todos sabemos que es volátil. Su historia... Yo sé que podemos confiar en usted, lady Sabrina, sé que será una influencia estabilizadora.

—Creo que sería mejor si confiaran en el príncipe. En esta ocasión no mencionaré sus comentarios, pero en un futuro... —ella se alegró al ver que el asistente se retiraba avergonzado y confiaba en que trasladara el mensaje al rey. Si quería descalificar a su hijo, ella no colaboraría con él.

El vehículo en el que viajaban torció por un camino y atravesó una gran verja. Sabrina sintió un nudo en el estómago, cuando las puertas se cerraron tras el coche que los había seguido en la distancia desde Londres. El camino de entrada, iluminado por cientos de farolas, parecía no terminar nunca. A Sabrina no le importó, ¡no tenía prisa por llegar!

El conductor detuvo el vehículo frente a un edificio. Era una casa privada, no un hotel. Alguien le había contado a Sabrina a quién pertenecía la casa, pero los propietarios no estarían allí esa noche. Habían asistido a la ceremonia privada y, aunque Sabrina los había conocido, no recordaba ni su cara ni sus nombres. Todo era una nebulosa.

Durante treinta segundos nadie se movió, excepto el hombre que estaba sentado al lado del conductor y que habló por una emisora que tenía en la muñeca. Después, asintió y aparecieron varios hombres vestidos de negro.

Sebastian ya estaba en el pórtico de entrada cuando alguien se acercó al coche y abrió la puerta de Sabrina. A esas alturas, la presencia de los miembros del equipo de seguridad había desaparecido, a excepción de los dos hombres que estaban a ambos lados de la puerta.

Sabrina se acercó a la puerta de la casa con una sensación extraña, como si todo le estuviera sucediendo a otra persona y ella estuviera mirando. Y era otra mujer la que oía los pasos de unos tacones sobre la grava y la que sentía la brisa de la noche en el rostro.

No obstante, no había sido otra persona la que había dicho *sí, quiero*. Había sido ella.

Dentro de la casa, en un amplio recibidor con suelo de mármol y una gran escalera, le esperaba su marido. De espaldas a ella. Estaba conversando con tres hombres y una mujer muy alta de cabello rubio.

Sabrina no oía lo que decían pero no parecía que Sebastian estuviera contento. Él los escuchó con atención y luego pronunció varias frases seguidas.

Al menos estaba comunicando con ellos con frases enteras, no solo con monosílabos.

Pelear era mejor que la indiferencia, Sabrina empezaba a preguntarse si se había imaginado que él se había sentido atraída por ella.

Quizá ella representaba el deber que él tanto aborrecía y no encontraba nada atractivo. Sabrina empezaba a cansarse de intentar averiguarlo. Le dolía la cabeza de tanto hacerse preguntas.

De pronto, se le agotó la paciencia. Estaba harta de esperar. Se aclaró la garganta y dijo:

—Sebastian.

Hubo una pausa antes de que Sebastian se volviera para mirarla, ella se sonrojó al pensar que podía humillarla.

Una ola de rabia consiguió que controlara las lágrimas.

Sebastian dijo algo al grupo de personas y se acercó a ella. A la luz de los candelabros la marca de su cicatriz se veía más oscura. Ella se estremeció al verla, al pensar cómo se la había hecho.

Por su culpa.

Ella enderezó la espalda y él se detuvo a unos pasos de distancia para mirarla.

—Pareces cansada —dijo él.

—Lo estoy.

—Deberías subir —miró hacia detrás de ella y apareció una mujer como por arte de magia. La mujer inclino la cabeza para saludar a Sabrina.

—La señora Reid te mostrará el camino a tu habitación. Yo me reuniré contigo después —comentó Sebastian, antes de marcharse de nuevo junto al grupo.

—Espero que le gusten sus aposentos. Su Alteza suele alojarse en el ala oeste cuando se queda con nosotros. Dijo que no le importaba.

–¿Qué? –Sabrina hizo una pausa. Se sentía mareada, como si no hubiera comido en todo el día. La mujer se detuvo a su lado y el grupo la miró. Su esposo era el único que no la estaba mirando marchar.

¿Qué estarían pensando? ¿Se preguntaban qué clase de matrimonio era ese donde había que recordarle al marido que su mujer estaba allí?

Con un poco de esfuerzo él podría haber conseguido que el día fuera menos terrible.

Ella no esperaba que él le cruzara en brazos el umbral, pero ¿era mucho pedir que reconociera su existencia o mostrara un mínimo de educación?

–Desagradable.

Sabrina se quedó paralizada al oír que, gracias a la acústica de la sala, la palabra resonaba tres veces.

En la sala, se oyó que Sebastian decía con impaciencia:

–Entonces, ¿alguien tiene los pronósticos financieros que he pedido?

Sabrina se volvió hacia la mujer que ella acompañaba y alzó la barbilla. Quizá no conseguiría que le prestara atención, pero tampoco permitiría que la tratara como si fuera invisible.

Puso una amplia sonrisa y comentó:

–Seguro que los aposentos son perfectos, gracias. Esta casa es muy bonita.

Había dicho lo correcto. El ama de llaves estaba muy orgullosa de la casa en la que trabajaba, así que le contó a Sabrina la historia de todos los famosos que se habían hospedado allí durante los siglos.

Capítulo 9

ELLOS respondieron a su pregunta de manera muy respetuosa, a pesar de que acababan de darle la información diez segundos antes. Él era consciente de que el respeto debía ganárselo, y que parte del mundo todavía esperaba que apareciera tarde y resacoso a alguna conferencia.

–Esto puede esperar hasta mañana, si lo prefiere, Alteza –dijo Ramón, el contable.

–¿Preferiría estar en algún otro sitio, Ramón?

El hombre puso cara de que aquello era lo que más le interesaba.

–Muy bien, creo que nos han preparado café en el estudio.

Sebastian notó que todos los presentes pensaban que tenían mejores sitios donde estar en esos momentos. Sin embargo, él tenía un sitio donde no quería estar.

Mantener la libido controlada lo estaba volviendo loco, sobre todo en las ocasiones donde no podía evitar el contacto con ella. No obstante, por mucho que la deseara, su sentimiento de culpa, o su orgullo, no le permitía actuar.

Él no la quería disponible o dispuesta. La quería loca de deseo por él. En sus sueños ella le suplicaba que se acercara y él se despertaba bañado en sudor.

Sebastian apretó los dientes y, sin poder contenerse

más, miró hacia la escalera, a tiempo de verla desaparecer de la vista.

—Alteza, ¿hay algo que pueda ofrecerle?

La pregunta provocó que Sabrina volviera a la realidad. Apenas se había dado cuenta de que habían llegado a los aposentos donde los habían alojado. La mujer entró y abrió las puertas del salón.

—¿Le gustaría que encendiéramos la chimenea?

—No, está bien así, gracias —murmuró, esperando a que la mujer se marchara para apoyarse en la puerta.

Permaneció allí con los ojos cerrados unos instantes. Después los abrió y miró a su alrededor. Solo iban a pasar allí una noche, pero alguien se había tomado muchas molestias. Había muchos detalles de bienvenida, como los centros de flores, o el champán helado. Al abrir una de las puertas que había en el salón, Sabrina vio que una cama con dosel ocupaba el espacio central. Alguien la había abierto, dejándola preparada. En la segunda habitación había otra cama, y también estaba abierta. Sabrina trató de no pensar en ello y decidió que se enfrentaría a cada obstáculo según fueran apareciendo.

Un obstáculo... ¿Eso era su vida de casada?

Frunció el ceño. Si empezaba a considerarse una víctima terminaría convirtiéndose en una.

Se volvió de espaldas a la cama y abrió uno de los armarios que había en la habitación. Allí encontró una selección de su propia ropa junto a una fila de zapatos.

No fue hasta que abrió el armario del todo y vio su reflejo en el espejo, que se dio cuenta de que todavía tenía el ramo en la mano.

Se quitó los guantes de seda, regresó al salón y se

sentó, desabrochándose el botón de arriba del top que llevaba bajo el vestido de seda de color crema. No le sirvió para relajar la sensación de agobio que tenía en el pecho.

Se sentó derecha, se quitó los zapatos de tacón y flexionó los dedos de la mano para mirar los anillos, la alianza de oro y el anillo de compromiso con una esmeralda. De pronto, sintió ganas de quitárselos.

Habría sido un gesto infantil, y era momento de comportarse como un adulto. Así que, para distraerse de los sentimientos que experimentaba, encendió la televisión y comenzó a pasar los canales.

Cerró los ojos y echó la cabeza hacia atrás. Permitió que la voz de una conocida periodista la ayudara a relajarse, hasta que una frase provocó que se sentara de golpe... ¡La princesa Sabrina!

En la pantalla aparecieron imágenes de los invitados de la boda y las cámaras enfocaron el rostro de algunos famosos.

–Se cree que después de que el pasado junio el príncipe Luis la dejara plantada en el altar, su prometida, lady Sabrina Summerville, se ha casado con su hermano, el príncipe Sebastian, en una ceremonia privada. La pareja y la hermana de la novia se vieron implicados en el trágico accidente de Vela Main, el mismo día de la boda.

Cambiaron las imágenes y aparecieron tomas de los helicópteros y las ambulancias con las sirenas.

Sabrina permaneció mirando la terrible escena de personas heridas y metales retorcidos, sin darse cuenta de que el mando se le había caído de las manos.

Esperaba que Chloe no estuviera viendo aquello.

Al ver que la escena del accidente desaparecía de la pantalla, suspiró aliviada. Al momento, se tensó de nuevo, cuando Sebastian apareció en la pantalla, alto y bronceado, con el aspecto de un héroe de película. Él llevaba un par de esquís al hombro y, con el otro brazo rodeaba a una mujer alta y rubia que sonreía para las cámaras mientras lo abrazaba por la cintura. Sebastian la miró con indulgencia antes de volverse ante los cámaras y hacer un gesto que le aseguró que, al día siguiente, la foto saldría en primera página.

–Sabrina...

Ella se sobresaltó al sentir la mano de Sebastian sobre el hombro y buscó el mando del televisor.

–¿Qué basura estás viendo? –preguntó él, con impaciencia.

–No lo estoy viendo –negó ella, molesta consigo misma por sentirse culpable. Al instante, se sintió avergonzada cuando una imagen suya del álbum familiar apareció en la pantalla. Aparecía de niña, con coletas y sin los dos dientes delanteros.

Cuando estaba a punto de apagar el televisor, la imagen del conde Hugo apareció en la pantalla.

–¿Qué...?

–Quizá sea buena idea ver esto –dijo Sebastian desde detrás.

–¿Se da cuenta, conde –le decía el periodista–, que mucha gente pensará que este es un matrimonio de conveniencia política? El príncipe Luis era una figura reconocida en ambos lados de la frontera. Muchas personas cuestionan la capacidad de su hermano para ocupar su papel, y ¿no es cierto que el matrimonio, este matrimonio tan sencillo que se ha celebrado, no es más que una estratagema para reforzar el proyecto de reunificación?

El conde, que continuaba sonriendo a la cámara, repuso:

–Donald, yo le pregunto que si no cree que si fuera

una estratagema ¿no habría sido un matrimonio sencillo? No se puede acallar a los cínicos, pero los hechos están, lo crea o no, el príncipe y su prometida se conocen desde hace años, y han sido muy amigos en el pasado. Después de lo que sucedió el pasado junio, el respeto mutuo que sentían se ha convertido en amor.

La imagen del conde desapareció de la pantalla y apareció la del presentador.

—Mañana a las nueve podrán ver el reportaje completo, y un grupo de expertos analizará el tema de la reunificación... Ahora...

Sabrina apagó el televisor y se volvió con expresión acusadora hacia su marido.

—¿Sabías algo de esto?

—No...

Ella arqueó una ceja con escepticismo. No podía creer que el conde hubiera participado en algo así sin consultar primero con Sebastian.

—No me sorprende, lo que no sé es por qué a ti sí.

—¿No te sorprende oír que tú eres la mitad de una de las mejores historias de amor de la década? —se cruzó de brazos y lo miró—. Pues a mí me pilla de nuevas.

Sebastian se encogió de hombros.

—La pregunta es, ¿te ha convencido? A mí me parecía bastante sincero.

—¿No te molesta que estuviera mintiendo?

—Sí, estaba mintiendo. Es un diplomático. Es su trabajo.

—¿Y va y lo hace sin más? ¿No ha de comentárselo a nadie?

—Tiene cierto grado de autonomía.

Ella sabía que solo le estaba contando la mitad de la historia.

—¡Eres igual de malo que él! ¿Hay alguna clase donde te enseñen a evitar preguntas?

–Sí, la hay –retiró la mirada de sus labios–. Le pedí que se ocupara de la prensa. Creo que le di un resumen muy amplio.

–¡Por fin! ¿Y estás contento con lo que ha hecho?

Él la miró fijamente y contestó:

–No estoy contento.

Sabrina lo miró y se percató de que, por una vez, estaba realmente enfadado.

Sebastian miró la pantalla apagada del televisor.

–No ha sido de buen gusto. Se ha pasado de la raya, pero así es la política.

Ella suspiró y se sentó en una silla.

–No me gusta la política.

Él sonrió.

–No va a desaparecer pronto –se acercó a la mesa y agarró la botella de la cubitera–. Parece que necesitas una copa.

Ella negó con la cabeza y se abrazó con fuerza, hasta clavarse los dedos en las costillas. Apoyó la barbilla en sus rodillas y cerró los ojos.

–Bueno, yo sí –dejó las copas de champán que había rellenado sobre la mesa.

–¿A veces tienes *flashbacks*? –preguntó ella. Él la miro y ella negó con la cabeza–. No importa.

–¿A qué te refieres? –preguntó con el ceño fruncido.

–Al accidente.

–¿Tú tienes?

–Ya estoy mejor. La psicóloga me dijo...

–¿Has ido a una psicóloga?

–Mis padres insistieron.

–¿Alguien más lo sabe?

–¿Alguien más?

–Alguien además de tus padres –insistió–. ¿Se lo has contado a alguna amiga o...?

Se calló al ver que ella soltaba una carcajada.

–¿Crees que hay algún tipo de estigma relacionado con asistir a terapia por estrés postraumático?

–Lo que yo piense no es importante.

–De hecho, es muy importante.

–Tenemos que estar atentos y anticipar qué efecto tendrán nuestras acciones. Siempre hemos de pensar en cómo las percibirá el público. A partir de ahora, todo lo que hagamos se analizará minuciosamente.

–¿Qué quieres decir con *a partir de ahora*? Te has pasado la vida actuando para las cámaras.

–La salud mental es un tema delicado y la prensa puede...

–¿Te da miedo que la gente te diga que te has casado con una desequilibrada? ¿Sabes una cosa, Sebastian? No me importa lo que pienses –le gritó. ¡Aunque su vida sería mucho más sencilla si fuera verdad!– Tenía un problema. No podía dormir y pedí ayuda –hizo un gesto con la mano–. Fin de la historia.

–¡No exageres!

–No estoy exagerando. ¿Y sabes qué? Que el problema lo tienes tú –lo acusó.

Él la observó y apretó los dientes. Al ver que Sabrina se inclinaba para recoger los zapatos de tacón y que el vestido le marcaba su trasero redondeado, la rabia que sentía se disipó. Ella se enderezó y lo miró con desprecio por encima del hombro. Después, con los zapatos colgando de una mano, se marchó de la habitación.

Él puso una mueca al oír que se cerraba la puerta.

Con los ojos cerrados, se llevó una copa de champán a los labios. El líquido se deslizó por su garganta, pero no provocó que le cambiara el humor.

Blasfemando, dejó la copa y comenzó a pasear por la habitación. Estaba furioso con ella porque tenía razón.

Sabrina tenía razón, y él nunca se había sentido tan avergonzado de sí mismo. ¿Qué diablos le pasaba? Había reaccionado como el típico intolerante que él despreciaba. Ella no volvería a confiar en él.

¿Quizá lo había hecho por eso? ¿Quizá era la manera de alejarla?

¿Cuántas veces había adoptado la misma actitud con su padre?

Al cabo de unos momentos se acercó a la puerta.

La habitación estaba vacía. Junto a la cama había una lamparilla encendida. Él podía oír el sonido del agua en el baño. Llamando a Sabrina, atravesó la habitación. La puerta del baño estaba abierta y Sabrina estaba descalza, vestida con una combinación de seda junto al lavamanos. Tenía las manos bajo el agua del grifo y se miraba en el espejo.

–Sabrina.

Ella se volvió al oír su nombre y se giró. Sus miradas se encontraron y ella alzó la barbilla.

–¿Te importaría llamar antes de entrar en mi habitación?

–Sí, me importa, y mal vamos si empezamos este matrimonio enfurruñados y con las puertas cerradas.

Ella cerró el grifo y pasó junto a él.

–Bien, la próxima vez la cerraré con llave. Y no estoy enfurruñada.

–Lo siento...

–¿Qué has dicho?

–Lo siento. Ha sido... –suspiró y se pasó la mano por el cabello–. Estoy tan ocupado fingiendo que soy el príncipe que todo el mundo quiere que resulta difícil desconectar.

Así era como él funcionaba. Se centraba en la tarea que tenía entre manos. Daba igual cuál fuera la tarea, se comprometía de la misma manera y no cargaba fantasmas del pasado. Puesto que él se había olvidado del accidente, ni se le había ocurrido pensar que para Sabrina quizá no fuera tan fácil.

—A mí no tienes que demostrarme nada.

Él se encogió de hombros y puso una media sonrisa.

—Solo a mí mismo. Debes saber que la gente espera que fracase.

Ella sintió lástima por Sebastian al recordar los comentarios que había hecho ante el asistente de su padre.

Él se fijo en la curva de su hombro, donde ella estaba jugueteando con el tirante de la combinación.

—Bueno, te has esforzado mucho en establecerte como el Príncipe Playboy, ¿no?

Él sonrió y el brillo de su mirada provocó que ella sintiera un revoloteo en el estómago.

—No todo ha sido esfuerzo, hay parte que me sale de forma natural. Mira, no voy a fingir que soy algo que no soy. No soy romántico, algo que, teniendo en cuenta nuestras circunstancias, puede que no sea una desventaja. Nunca busqué a una media naranja...

—Ni a una esposa.

Él pestañeó.

—Cierto, pero el matrimonio es un contrato y yo comprendo los contratos.

«Pero no el amor».

Sebastian no creía en el amor y quizá eso era más fácil que creer en él, sabiendo que era algo que ella nunca podría tener.

«No pienses en lo que no puedes tener, Brina. Céntrate en las cosas que sí puedes tener, en lo que puedes conseguir... puedes tener hijos...».

Además, se había permitido pensar que en su posición podría tener influencia en las cosas que le preocupaban: la salud, la educación de las mujeres... Quizá podía dejar un legado aunque no disfrutara del amor.

–La gente no siempre va buscando. Luis no estaba buscando y encontró su media naranja.

–Yo no soy Luis, Sabrina.

–No, tú no saliste huyendo, ¡pero querías hacerlo! –contestó ella, consciente de que estaba siendo injusta, pero incapaz de contener la frustración que sentía.

–No soy un romántico. No creo que encuentre a mi media naranja por la calle y que de pronto esté locamente enamorado. Te da rabia no haber tenido tiempo para ir besando sapos por ahí y esperar que uno se convirtiera en príncipe. El único príncipe que tendrás soy yo... Te prometo, *cara*, que para sentir ese cosquilleo del que hablabas no necesitas un príncipe azul. Tú puedes sentirlo. Y lo sentirás.

Con el corazón acelerado, Sabrina se estremeció, y no retiró el rostro cuando él le acarició la mejilla.

–Pareces muy seguro.

–Hemos sentido atracción el uno por el otro desde el primer momento. No quiero que nuestro matrimonio empiece con las puertas cerradas. ¿Qué tal si las dejamos abiertas?

Sus miradas se encontraron en silencio. El roce de su mano sobre la piel de su hombro hizo que se sobresaltara. Ella se subió el tirante de la combinación, pero él la agarró de la muñeca.

Sabrina tragó saliva y, al mirar sus ojos azules, notó que su resistencia se disipaba.

–Sebastian, esto no es buena....

Su sonrisa la hizo perder el habla.

–¡Al diablo con lo que es bueno! –exclamó. Le soltó la mano, agarró la combinación y se la quitó por la cabeza.

Ella no se movió.

La tensión sexual había llegado a su punto álgido.

Él le acarició el cuello, los hombros y los senos, jugueteando con sus pezones turgentes.

Ella apretó los ojos y echó la cabeza hacia atrás, apretando los puños y tratando de centrarse en las sensaciones de su cuerpo.

Él inclinó la cabeza y la besó en los labios con delicadeza. Cuando se retiró, un fuerte deseo la invadía por dentro.

Sebastian la besó de nuevo, pero esta vez de forma apasionada. La tomó en brazos y la llevó a la cama. Tumbada, ella lo observó mientras se desnudaba. Él la miraba a los ojos mientras se quitaba la ropa y dejaba su cuerpo musculoso al descubierto. Su piel bronceada estaba cubierta por un fino vello varonil.

Y él estaba muy excitado.

La imagen de aquella belleza primitiva provocó que Sabrina ardiera de deseo.

Sebastian se inclinó hacia ella y Sabrina lo rodeó por el cuello, animándolo a que se sentara a su lado.

El primer contacto piel con piel provocó que ella gimiera de placer. Su piel era como la seda, su cuerpo musculoso.

Él le acarició los muslos y después el trasero. Le masajeó el cuerpo y la abrazó. Ella separó los labios para permitir que explorara su boca con la lengua. Había perdido el miedo y el deseo se había apoderado de ella.

–¡Diablos, Sabrina! –murmuró contra su boca.

–¡Diablos, tú! –bromeó ella, besando la cicatriz de su rostro y recorriéndola con la lengua–. No me gustó que te hicieras daño.

Él gimió. ¡Estaba sufriendo en esos momentos!

Colocó la boca sobre uno de sus senos y ella arqueó el cuerpo.

Él se tumbó a su lado y acarició su piel.

–Increíble –murmuró, mientras la agarraba de una pierna para que lo rodeara por la cintura. Ella inclinó la cabeza y la apoyó sobre su torso.

Él le acarició el cabello y después colocó la mano entre sus piernas, acariciándola con los dedos.

Sabrina comenzó a moverse y a respirar de manera agitada mientras él la acariciaba e introducía los dedos en su cuerpo.

De pronto, él se tumbó boca arriba y la miró.

–No puedo aguantar mucho más.

Ella sonrió y le colocó la mano sobre el torso para ir deslizándola por su cuerpo.

Cuando le rodeó el miembro, él contuvo la respiración, aguantando la tortura durante unos segundos hasta que perdió el control. Tumbó a Sabrina sobre la espalda, le separó las piernas y se colocó sobre ella. La miró, y la penetró despacio.

Le suplicó que lo recibiera en su interior y ella lo rodeó por la cintura con las piernas y cerró los ojos, susurrando su nombre mientras se movían acompasados, acariciándose.

Sabrina notó que se acercaba al clímax, se puso tensa y esperó. Entonces, cuando lo experimentó, fue algo tan intenso que la llevó al borde de la inconsciencia.

Cuando consiguió regresar de aquel maravilloso estado al que la había llevado Sebastian, él estaba tumbado junto a ella con la respiración agitada.

–He sido brusco... ¿Te pido perdón?

Ella le cubrió los labios con un dedo.

La miró y experimentó ternura.

–Ha sido perfecto, has estado... –le agarró la mano

y se la besó–. Supongo que con la practica sí se consigue la perfección.

No fue hasta que Sabrina habló que él se percató de que lo que habían compartido no era nada que hubiera practicado, o experimentado, antes.

No podía compararlo con nada, porque no había nada igual.

–¿Te quedas? –preguntó ella, medio dormida. A él le pareció bien. Además, Sebastian tampoco era capaz de mantener los ojos abiertos.

Él la abrazó, ella se acurrucó contra su cuerpo y suspiró.

Capítulo 10

LOS PAJARITOS cantaban cuando Sebastian abrió los ojos con Sabrina entre sus brazos. Su cabello, caía enredado sobre su espalda.

Ella sonreía ligeramente y él sintió una ola de posesividad que nunca había experimentado. No quería reconocer la ternura que se instalaba en su pecho cuando pensaba en lo que había sucedido la noche anterior: el sexo había sido espectacular. Sus ojos se oscurecieron cuando recordó el momento en que ella había tomado la iniciativa y había explorado su cuerpo con las manos y la boca, aprendiendo cómo llevarlo al límite pero sin dejarlo estallar.

Solo era sexo. Entonces, ¿por qué no se parecía en nada al sexo que él conocía? ¿Un certificado de matrimonio marcaba tanta diferencia? Él nunca había sido el primer amante de una mujer, quizá eso tenía algo que ver. El hecho de que todo fuera novedoso para ella había provocado que también lo fuera para él.

Le sujetó un mechón de pelo e inhaló su aroma, hasta que el teléfono que sonaba en la otra habitación le recordó que ese respiro había sido temporal.

Se incorporó despacio y se levantó de la cama. De camino a la puerta agarró un batín y se lo puso antes de cerrar. El teléfono había dejado de sonar y él tardó unos instantes en encontrar dónde se había caído de su bolsillo. Al mirar la pantalla vio que tenía cinco llamadas perdidas.

Suspirando, marcó el número de teléfono.
—Hola, padre.

Sabrina despertó sin saber seguro dónde estaba y por qué le dolía el cuerpo.

Abrió los ojos y vio la mirada azul cobalto del hombre que bebía café a los pies de la cama.

¡Su esposo!

¡Su amante!

Se incorporó y se cubrió con la sábana.

—¿Qué hora es?

—Temprano.

—Estás... —«no estás desnudo», pensó decepcionada.

—La reunión de mañana se ha adelantado a hoy.

—¿Qué reunión?

Él la miró sorprendido.

—El equipo de geólogos que hizo el estudio ya tiene información para nosotros. Tengo que regresar.

Ella pestañeó.

—¿Cuánto tiempo tengo para prepararme?

—No es necesario. Tómate tu tiempo. Voy en avión.

Ella sintió un nudo en la base del estómago.

—Te vas sin mí.

—No te pierdes mucho, te lo prometo —dejó el café y se puso en pie—. Dependiendo de cuándo termine la reunión, nos veremos esta noche.

¿Eso quería decir que volverían a tener relaciones sexuales? No estaba segura, pero le preocupaba lo mucho que deseaba que fuera así. ¡Ya era adicta después de solo una noche!

—Anoche yo... —hizo una pausa, incapaz de encontrar las palabras que describían cómo se sentía.

–Se supone que tenemos que tener uno o dos hijos. Creo que disfrutaremos haciéndolo.

Ella bajó la vista, consciente de que deseaba que él hubiera dicho algo con más sentimiento. Porque ella sentía algo más. Se había enamorado del Príncipe Playboy y ella siempre sería un deber para él. Aunque disfrutara de estar con ella.

Era su esposa, pero no su amada.

–¿Estás bien?

Ella se cubrió con la sábana hasta la barbilla. ¿Eso era lo que era estar enamorada? ¿Tener un nudo en el estomago? ¿Sentir ganas de llorar?

Si era así, le sorprendía que la gente lo buscara. La gripe era mucho mejor que el enamoramiento.

–Bien.

Sabrina no sabía mentir, pero Sebastian aceptó la respuesta.

–No soy humana hasta que no me tomo un café –dijo ella.

–Sé de qué hablas –dijo él, sentándose en la cama.

Ella negó con la cabeza.

–No, no lo sabes...

–Te da miedo mudarte a tu jaula de oro... Lo comprendo.

Ella parpadeó y soltó una risita.

–La vida de palacio es limitante, pero... –respiró hondo–. Nuestros aposentos estarán separados de los de mi padre y... nosotros debemos...

–Hacer lo mejor de un mal trabajo. Continúa –dijo ella con una sonrisa mientras él daba vueltas al mensaje que quería transmitirle. Sus vidas coincidirían a veces en el dormitorio, pero básicamente cada uno viviría su vida. No era más de lo que ella había esperado del matrimonio, pero eso había sido antes de que se enamorara de su marido.

–No era eso lo que iba a decir. Los próximos doce meses habrá mucho trabajo... Yo no estaré allí para...

Ella alzo la barbilla.

–No soy una niña, Sebastian. Tranquilo. No necesito que me entretengan.

«¡Solo necesito amar!»

–No necesito que me den la mano –continuó ignorando el dolor que sentía en el pecho–. Y no voy a ser una esposa dependiente –le prometió–. No voy a pedirte nada.

Sebastian sabía que debía de sentirse aliviado. Sin embargo, no fue así.

–¿Y si yo necesito que me den la mano? –su pregunta lo sorprendió tanto como a ella–. Es una manera de hablar –aclaró él. Después de todo, nunca había necesitado a nadie–. He visto a tus padres. Ellos trabajan en equipo.

Ella asintió.

–Sí, pero eso es diferente. Ellos...

–Se quieren –esbozó una sonrisa– Dejando la parte emocional a un lado...

De pronto, la rabia se apoderó de ella.

–Por lo que a mí respecta, ¡un matrimonio de verdad tiene mucho que ver con la parte emocional!

Sebastian se puso en pie.

–Lo siento si he echado un jarro de agua fría sobre tus sueños, pero hemos de ser realistas. La vida de palacio... El matrimonio, ¿puedo decir la palabra sin que me lances algo? Necesitaremos adaptarnos, pero creo que funcionará mejor si no creamos dos bandos opuestos, si somos un equipo...

Ella arqueó las cejas y preguntó:

–¿Quién sabe? Tu lógica de robot quizá bloquee mi sentimentalismo de niña –lo miró. Él tenía un aspecto increíblemente sexy y parecía agotado.

–Por favor, Sabrina te quiero en mi cama, ¡no en mi cabeza! –al ver la expresión de Sabrina, se calló–. Lo siento, no pretendía...

–Sí, lo pretendías –lo miró ofendida.

Estaba increíblemente sexy con el cabello alborotado y los labios ligeramente hinchados por los besos de la noche anterior. Sebastian notó que su cuerpo reaccionaba al mirarla.

La única opción era esperar a que se le pasara. Sebastian cerró los ojos, y tragó saliva. Aquello no debería estar sucediendo.

Respiró hondo y trató de solucionarlo.

–Mira... –se miraron y se hizo un breve silencio–. El matrimonio no tiene por qué ajustarse a nada en particular. Tenemos que crear nuestras propias normas, y debemos ser flexibles.

–¿Qué estás diciendo? –susurró ella, incapaz de mirar a otro lado. Se estaba derritiendo por dentro.

–Realmente, no lo sé... No puedo prometerte nada, Sabrina. Sé que has tenido sueños y... –soltó una risita, odiándose por todo lo que le había robado a Sabrina–. Quizá no los has tenido, pero en cualquier caso siento que esto sea tu vida, la política, los planes. Supongo que intento decirte que no quiero que seamos partes enfrentadas y que tengamos que enviarnos mensajes mediante una tercera persona. Mereces mucho más que eso –«y mucho más que yo», pensó.

–Eso no sucederá.

–Puede ocurrir. Lo he visto con mis padres... Pase lo que pase, nunca seremos como ellos. Te lo contaré, pero quizá sea más fácil cuando la química se haya pasado.

El deseo que transmitía su mirada provocó que ella solo quisiera sentirlo en su interior.

–Entretanto, disfrutémosla –comentó él.

Sebastian empezó a quitarse la chaqueta y se tumbó en la cama junto a ella.

Sabrina lo ayudó.

Fue al día siguiente cuando se volvieron a ver.

En ese tiempo, él pudo ganar un poco de perspectiva.

Por supuesto, en su relación con Sabrina había algo más implicado que la química. Eran dos personas que vivían según un acuerdo que muy pocas otras podrían experimentar. La afinidad, la sensación de comprensión, combinado con la atracción física podía ser predecible.

—Hola.

Sabrina levantó la vista del libro y lo miró, quitándose las gafas que llevaba.

—¡Lo siento! —dijo ella, apretando el libro contra su pecho—. No te esperábamos hasta más tarde.

—¿Es una respuesta formal?

Ella trató de ponerse la sandalia.

—Es difícil parecer formal cuando se va descalza. ¿Qué tal ha ido?

«Bien hecho, Brina, hablas como si estuvieras bien y no triste y desesperadamente enamorada».

Él se pasó la mano por el cabello.

—Debe ser cierta la idea de que soy un déspo...

—Eso es porque eres muy impaciente.

—¿Que estás leyendo?

Sabrina apretó el libro contra su pecho, se encogió de hombros y se echó hacia atrás.

—Nada...

Él se inclinó y leyó el título en voz alta:

—*La demencia y el impacto socioeconómico en los países en desarrollo.* ¡Guau! ¡Algo apasionante! No te preocupes, puede ser nuestro secreto.

–Lo ha escrito alguien conocido. Me pidieron que lo leyera.

–¿Te pagan por leerlo?

–No exactamente. Me regalan el libro.

Sebastian se percato de todo lo que ella había dejado atrás.

–Realmente, este mundo no es el tuyo, ¿verdad?

–Ahora sí –contestó ella, conteniéndose para no confesarle que había sido terrible: la llegada, la cena con la reina, y conocer a todas las mujeres que le habían presentado para que tuviera las amistades adecuadas.

Podía soportar todo eso, pero sería la esposa que él necesitaba, aunque él no se hubiera dado cuenta todavía de que la necesitaba.

–¿No me has contado cómo te ha ido el día?

«Mucho mejor desde que te he visto».

Él se llevó la mano al pecho, donde la ternura se había instalado al ver a Sabrina sentada en la fuente con los pies descalzos. Retiró la mano y se centró en el deseo que lo invadía por dentro.

–Ha sido un día largo.

Su cara de cansancio provocó que Sabrina lo deseara más.

–¿Y el tuyo?

–He cenado con tu... con la reina.

–¿Y no estás tumbada en una habitación oscura? Estoy impresionado.

–Trataba de ayudarme.

Él arqueó una ceja.

–Vaya.

–Al parecer, mañana tengo cita con una estilista.

–¡No!

Ella lo miró.

–No, ¿qué?

–No necesitas una estilista, y lo último que necesitas es convertirte en una señora como todas. La idea de que necesitas mejorar es una ofensa.

Sabrina se sintió aliviada. Ella no quería parecerse a las mujeres que le habían presentado.

–¿Es una decisión firme?

–¿Tienes algún problema con ello?

Ella sonrió.

–Te lo haré saber cuando tenga un problema. Evidentemente no puedo ofender a la reina.

Él la miró.

–Iré a ver a la estilista.

Sebastian la giró para que lo mirara.

–Y no haré caso de lo que me diga.

Él se rio.

–Se llama *diplomacia*, Seb. Deberías probarla.

Sebastian colocó las manos sobre sus hombros y se acerco.

–¿Te ofreces a darme clases, *cara?*

Ella se estremeció y se puso de puntillas para que él la besara.

–A veces –susurró–, es mejor el enfoque directo.

Él la besó apasionadamente y le acarició el rostro.

–Eres una mujer muy bella, Sabrina –ella suspiró–. Nunca he creído en la posibilidad de mantener una amistad con una mujer después de que termine la aventura amorosa, pero puede que nosotros lo consigamos.

Ella dio un paso atrás inmediatamente.

–¿Qué ocurre?

Sabrina lo miró enfadada.

–¡Que tengas que preguntarlo lo dice todo! No soy una mujer con la que estás teniendo una aventura. Soy tu esposa –negó con la cabeza–. ¿Alguna vez se te ha ocurrido que nunca conseguiste mantener la amistad con esas mujeres porque tampoco erais amigos antes?

Sebastian la observó marchar con la cabeza bien alta. Ella se detuvo un instante, se volvió y dijo:

—Y para que lo sepas, ¡nosotros tampoco lo somos!

Capítulo 11

MIENTRAS paseaba de un lado a otro del estudio, Sebastian decidió que la palabra irracional ni siquiera describía la actitud de Sabrina.

Él le había mostrado una esperanza de futuro y ¡ella se la había lanzado a la cara, como si la hubiera insultado!

Se tomó la copa de brandy que tenía en la mano y miró hacia la pared. Mientras pasaban los minutos, la rabia que sentía se fue disipando y, cuando llamaron a la puerta, abrió sin preguntar.

Sabrina respiró hondo. Había tardado media hora en reunir el valor necesario para hacer aquello. Media hora para descubrir, después de mucho llorar, por qué estaba enfadada.

Estaba enfadada porque el futuro que él veía, no se parecía al futuro con el que ella soñaba. No podía obligarlo a que la amara y tampoco podía castigarlo por no hacerlo.

En lugar de estar enfadada por lo que no podía tener, debía hacer lo aquel había dicho y disfrutar de lo que tenían mientras durara.

—He exagerado, Sebastian. No quiero dormir sola.

—Yo tampoco —dijo él, y la atrajo hacia sí para besarla de forma apasionada hasta que a Sabrina le temblaron las piernas. Después la tomó en brazos y la llevó al sofá.

Ella sabía que solo era sexo lo que él le ofrecía, pero cuando cerró los ojos, sus caricias le parecieron amor. Cuando él la penetró, se sintió como si fueran uno. Y no solo físicamente, sino en todos los sentidos.

Él la trasladó hasta un lugar dentro de sí misma, que ella ni siquiera sabía que existía. Más tarde, llegó la tristeza profunda, cuando él la sujetó con ternura. Ella sabía que Sebastian no sentía lo mismo que ella. Él le había entregado su cuerpo, pero ella nunca tocaría su alma.

—Las damas están en el salón pequeño.

Sabrina sonrió al oír el comentario de la asistente y pensó «no puedo esperar», pero continuó moviendo papeles en el escritorio.

Al cabo de unos instantes se detuvo y se preguntó en silencio «¿qué estoy haciendo?»

Aparte de esperar a que Sebastian regresara. Habían pasado toda la semana juntos antes de que él se marchara durante una semana.

Sabrina había intentado rellenar las horas, diciéndose que tenía que construirse una vida que no girara alrededor de su esposo, quien seguramente se olvidaba de su existencia en el momento que salía de la habitación, y algún día lo haría mientras estuviera en ella.

«¡Vive el momento, Brina!»

Era un gran consejo, pero difícil de seguir.

La había salvado un trabajo: el hospital universitario le había pedido que los ayudara a llenar la vacante para la dirección de la nueva unidad de investigación en Alzheimer que iban a implantar.

Aparte de utilizar los contactos que tenía en Londres para convocar a alguien para el puesto, Sabrina encontró la manera de destinar a algunos fondos a escondidas para financiar el proyecto. Cuando el decano de la facultad le comentó la buena suerte que habían tenido, ella actuó como sorprendida.

—¿Las damas?

Dándose cuenta de que había estado allí sentada con los ojos cerrados, Sabrina los abrió y miró a su asistente con una sonrisa.

—Ah, sí, las damas.

Rachel se esforzó por ocultar su sonrisa.

Sabrina se detuvo frente a la puerta abierta donde sus nuevas amigas estaban reunidas. Se miró en el espejo y se atusó el cabello

La media docena de mujeres representaban la élite de la sociedad. Una comida había bastado para confirmar que no tenían nada que ver con ella, y que las despreciaba tanto como sabía que las damas la despreciaban a ella.

—He oído que lo han visto entrando en la suite del hotel a la una de la mañana.

El murmullo y las risas provocaron que Sabrina se detuviera en el momento de entrar al salón.

—¿Crees que ella lo sabe?

Sabrina se llevó la mano al vientre y respiró hondo.

—¿Por qué iba a importarle? Ha conseguido exactamente lo que quería... Una corona.

—Y supongo que todos los miembros de la realeza aprenden desde pequeños a hacer la vista gorda.

—¿Realeza? ¿Has visto dónde viven? El año pasado su madre se puso el mismo vestido para tres eventos de Estado, y su padre se sienta en el parque público a jugar al ajedrez con los campesinos.

Sabrina entró en la habitación en silencio, sin que

la vieran. Permaneció en la puerta y decidió no perder ni un momento de su vida fingiendo con aquellas mujeres rencorosas. Fue un alivio.

—A mí me da lástima. Si mi esposo me engañara...

—Tú no tienes esposo, y si continúas hinchándote a pastas no lo tendrás nunca.

Sabrina caminó hacia el grupo de mujeres elegantemente vestidas que estaban alrededor de la mesa.

Al verla, todas se levantaron de golpe.

Ella las ignoró y se centró en la única mujer que permanecía sentada. Nunca le había dado importancia al protocolo que indicaba que todo el mundo se levantara cuando ella entraba en una habitación, pero en aquella ocasión...

Sabrina sonrió cuando la mujer se puso en pie y forzó una sonrisa.

Sabrina miró a las otras mujeres.

—Siento haberlas hecho esperar, pero me ha surgido algo inesperado, así que las veré el jueves. No, de hecho, creo que no. Nuestras reuniones están canceladas por el momento.

Ella dio un paso hacia la puerta y se volvió.

—Y por cierto, nosotros no tenemos campesinos. Mi padre fue un maestro del ajedrez a los diecisiete años, y mi madre siempre me ha enseñado a juzgar a las personas por cómo son, no por la ropa que llevan. Y ya de paso, la única mujer con la que mi esposo comparte cama es conmigo.

Sin esperar para observar el efecto de sus palabras, salió de la habitación.

Nada más salir, dejó de sonreír. Todavía estaba afectada por la rabia cuando regresó hacia su despacho.

—Rachel, ¿puedes cancelar todas las comidas con las...? —ella se detuvo y vio que la asistente estaba recogiendo sus cosas personales–. ¿Qué estás haciendo? ¿Has llorado? –se acercó y la rodeó por los hombros–. ¿Qué ocurre?

–Me... Me marcho.

Sabrina negó con la cabeza.

–No lo entiendo.

La chica se esforzó por sonreír.

–He estado...

–A Rachel la han trasladado a otro sitio, Alteza.

Sabrina se volvió y vio a una mujer alta junto a la pared. Arqueó una ceja y continuó abrazando a Rachel.

–¿Y usted es...?

–Soy Regina Cordoba, Alteza... Su nueva asistente.

Sebastian apretó los dientes con frustración cuando el conde Hugo apareció por una puerta justo cuando él se disponía a entrar en los aposentos privados que compartía con Sabrina. La actitud de aquel hombre lo irritaba, igual que su teoría conspiradora acerca de que todo lo malo que sucedía en el país era culpa de los republicanos que él veía al acecho en cada esquina.

–Alteza.

Sebastian ladeó la cabeza.

–Conde, esto es una coincidencia o...

–Cuando se enteró de que abandonó la reunión...

Sebastian arqueó una ceja y permitió que el silencio se alargara hasta que el conde se percató de que él no iba a darle ninguna explicación.

–El rey confiaba en que estuviera disponible, ¿a menos que no se encuentre bien?

–No, solo... –negó con la cabeza–. Olvídelo... ¿dónde está?

Su padre estaba en el estudio sentado detrás de su

escritorio, que estaba colocado sobre una tarima. Sebastian se acercó y pasó junto a la silla que estaba preparada para él, en el nivel más bajo, y permaneció de pie.

–¿Tengo entendido que quería hablar conmigo, padre?

–¿Hablar? No quiero hablar. Quiero una explicación acerca de por qué te pareció adecuado salir de una reunión y hacer que las personas que habían viajado hasta allí perdieran su tiempo.

–¿De veras quieres saberlo? Bien, pues aparte de que todo el mundo estaba demasiado centrado en defender sus intereses y que podíamos habernos quedado allí hasta la semana siguiente sin avanzar, hice una broma y nadie se rio.

Su padre lo miró.

–Sé que parece una estupidez, pero era una broma muy buena y Sabrina la habría entendido y se habría reído, así que vine para compartirla con ella –no añadió que además de la risa había echado en falta la ausencia de otras cosas... o de otra personas, y entre tanto había conseguido poner nombre a los síntomas que llevaba días experimentando... Soledad. También se había dado cuenta de que era él quien se había autoimpuesto distanciarse de la persona que lo ayudaba a aliviar ese sentimiento.

Su padre, se puso en pie.

–Bueno, si no vas a hacerme el favor de comportarte en serio, veo que esto no tiene sentido... No obstante, y teniendo en cuenta que has sacado el tema, hay algo que debo decirte en relación con tu esposa.

Sebastian apoyó la mano sobre el escritorio y miró a su padre con los ojos entornados.

–¿De veras? –preguntó.

–No la culpo, puesto que no sabe muy bien cómo

hacemos las cosas aquí. Sin embargo, me he enterado de que ha estado participando en cosas de la vida que no son adecuadas. Por ejemplo, con la universidad.

–¿Ese redil de inmoralidad? Lo que me asombra es cómo has llegado a saber lo que hace mi esposa.

–Hay amenazas reales de terrorismo. La vigilancia es protección.

–Yo puedo proteger a mi esposa –sonrió al oírse decir esas palabras–. Y tú retirarás a los espías de mis reuniones.

El rey pestañeó y lo miró horrorizado.

–Necesito saber...

–Y lo harás. Yo te mantendré informado. Esa es la manera, y si no eres capaz de aceptar mis condiciones...

–¡Condiciones! –exclamó el Rey.

–Así es. Haré las cosas a mi manera o no las haré. Y la próxima vez que vea a Hugo le daré una patada en el trasero... Cumpliré con mi deber junto a ti, pero lo haré a mi manera y con mi esposa a mi lado.

–¿Y si tu esposa descubriera lo de tu viaje a París? No tenías ninguna reunión, ¿a que no?

–¿Eso es una amenaza? ¿Intentas chantajearme?

El hombre bajó la mirada.

–No, por supuesto que no. ¡Soy tu padre!

–Ten cuidado, padre. Tu actitud se parece demasiado al sentimiento de culpabilidad.

–¿Culpable, yo? No soy quien está pasando el tiempo con...

–Mi hermano –lo interrumpió Sebastian.

Las palabras de Sebastian dejaron sin habla al rey.

Sebastian cerró los ojos y blasfemó en silencio.

–No pretendía contártelo así. ¿Estás bien?

–¿Has visto a tu hermano?

Sebastian asintió.

–Sí, he estado en contacto con Luis. El fin de semana pasado quedamos en París. Me presentó a su esposa, y es encantadora.

–¡Te dije que no quería oír ni su nombre!

–Es difícil hablar del tema sin mencionar el tema –comentó Sebastian–. Si quieres olvidar a tu hijo, es tu elección, pero Luis es mi hermano y tengo la intención de seguir viéndolo. Me gustaría invitarlo a la ceremonia oficial de reunificación el año que viene. Creo que le gustaría venir, pero ha dejado claro que solo vendrá si la invitación va a acompañada de tu aprobación.

–¡Jamás!

Sebastian se acercó a su padre.

–Fuiste tú quien me enseñó el valor de la familia.

–Él fue quien se marchó. Nos traicionó.

–Se enamoró.

–¡El amor!

–Sí, eso que mueve el mundo –dijo él, pensando en unos bonitos ojos marrones–. Luis es mi familia, su esposa es familia y sus hijos serán familia.

–¿Está embarazada?

–Al parecer es un niño.

–¿Un niño? Empezaba a pensar que nunca tendría un nieto –dijo el padre, conteniéndose para no sonreír.

–Yo hago lo que puedo, padre –la imagen de Sabrina con un niño en el pecho invadió su cabeza. Él nunca había pensado en la paternidad y se sorprendió al ver que la imagen iba acompañada de mucha emoción.

El rey se aclaró la garganta.

–¿Cuándo sale de cuentas?

Sebastian suspiró y se sentó. Sacó una foto de la billetera y la dejó frente a su padre. El hombre la agarró y, al mirarla, sus ojos se llenaron de lágrimas.

–Por cierto, ¿te he mencionado que en la universidad quieren contratar a Sabrina?

El rey lo miró.

—¿Pensabas que me la ibas a colar, eh? Recoger dinero o tener un puesto en la junta es una cosa, pero tu esposa no puede trabajar. Sería ridículo.

—Lo que sería ridículo, padre, sería que una mujer con la cualificación de Sabrina no trabajara, que no fuera un ejemplo para las mujeres de Vela y para sus hijas.

El hombre negó con la cabeza.

—No mientras yo viva.

El despacho fue el segundo lugar donde Sebastian buscó a Sabrina y, al oír las voces que se filtraban por la puerta entreabierta, supo que la había encontrado.

Al entrar, se detuvo de golpe.

A un lado estaba la asistente personal de su esposa llorando, mientras Sabrina hablaba con una mujer que él no reconocía. De pronto, cayó en quién era. Esa mujer era la sobrina del conde Hugo.

—¿Qué ocurre?

—¡Sebastian! Esta mujer... —apretando los dientes, Sabrina miró a la mujer y respiró hondo—. Esta mujer dice que es mi nueva asistente, y yo le estaba diciendo que ya tengo una.

—Alteza, la carga de trabajo es demasiada para Rachel, y por eso la han trasladado a un puesto menos estresante —le entregó una carpeta y un lápiz de memoria—. Ya he comenzado a escribir el discurso que Su Alteza dará ante los amigos del hospital. Lo he reescrito de una manera más aceptable.

Sabrina colocó las manos en las caderas.

—¿Qué le ocurre a lo que ya estaba escrito?

—Hay ciertas cosas que podrían malinterpretarse si se sacan de contexto.

Mientras las dos mujeres se enfrentaban, Sebastian se acercó a donde la chica lloraba, colocó la mano sobre su hombro y le preguntó.

–¿Te resulta estresante trabajar para mi esposa? Puedes ser sincera –intercambió una mirada con Sabrina–. Puede ser una mujer difícil.

La chica se secó las lágrimas y negó con la cabeza.

–No, me encanta trabajar con la princesa. Es muy amable y... –comenzó a llorar–. Es encantadora.

Sebastian asintió y se volvió hacia la sobrina de Hugo, que estaba mirando a la chica con cara de disgusto.

–Parece que ha habido un error. Como ves, mi esposa ya tiene una asistente.

–Con todo mi respeto, Alteza, el rey me ha pedido que venga y, aunque no me guste decirlo...

–Pero lo vas a decir de todas maneras... Admirable.

–Ciertos aspectos del trabajo de Rachel han resultado insatisfactorios.

–¡Por mi parte no! –contestó Sabrina.

–No, *cara*, lo que quiere decir es que Rachel no ha ofrecido información sobre ti cuando se la han pedido –miró a Rachel y ella asintió–. Entonces, han decidido infiltrar a una espía mejor.

–¡Me veo en la obligación de protestar...!

Sebastian la miró y dijo:

–Pues hazlo fuera de mi vista.

Sabrina se quedó boquiabierta al ver que la mujer salía de la habitación.

–¿Qué ha pasado? –preguntó cuando se cerró la puerta.

Sebastian sonrió y se acercó a Rachel.

–¿Esto significa que sigo trabajando para la princesa?

–Así es.

–Pero el rey...

–Trabajas para la princesa Sabrina, y ella es la única persona que podría echarte.

Sabrina se acercó a la chica.

–Y no te voy a echar –la abrazó.

–Ahora, Rachel, por supuesto le pediré opinión a la jefa, pero... –miró a Sabrina–. Creo que te mereces el día libre. Toma un pañuelo de papel, un caja entera –le entregó la caja que había sobre la mesa.

Rachel, lo aceptó y miró a Sabrina.

–Sí, está bien, Rachel. Muchas gracias, y lo siento.

Sabrina esperó a que se cerrara la puerta antes de volverse hacia Sebastian.

–Gracias por todo, pero podría haberlo manejado –añadió.

–No lo dudaba, pero no deberías haber tenido que hacerlo. Tenía que haber dejado claras ciertas normas a mi padre antes de marcharme... Ahora ya lo he hecho, y no creo que haya más incidentes.

–¿Has hablado con él, antes de...? –bajó la vista, pensando: «claro que ha ido a ver a su padre, Brina. Tú no eres su prioridad»–. ¿Qué tal tu viaje?

–Ha sido como cualquier otra reunión... Larga, con mucho tiempo sin nada que hacer aparte de pensar. He sido un idiota.

Le sujetó el rostro por las manos y cerró los ojos. Había pasado toda la semana preguntándose qué estaría haciendo ella, si estaba bien, echando de menos su voz, su aroma, su piel... Luchando contra la idea de que Sabrina había sido capaz de robarle el corazón. Luchando porque él era un cobarde, distanciándose cuando deberían estar cada vez más cerca

Sabrina vio dolor en la expresión de su rostro.

–Estoy segura de que no lo has sido.

–Yo... me sentía como si la tierra se hubiera movido bajo mis pies. Nada es... Yo solía estar seguro... –seguro de que el amor era un juego de tontos, de que no era para él. El hecho de que se estaba perdiendo una de las mayores alegrías de la vida era algo que nunca se había planteado–. ¿Recuerdas una cosa que dije una vez? Que a mí no me ocurriría... que no esperaba...

Sus palabras fueron como una bofetada. Ella se puso pálida y habló rápido porque no quería oírlo decir aquello.

–Has conocido a alguien –dijo ella–. Te agradezco tu sinceridad, pero prefiero no saber su nombre.

–¿De qué estás hablando?

–Te has enamorado.

–Sí.

Ella trató de apartarse, pero él la sujetó por los hombros.

–Mírame, Sabrina.

–No puedo. Te odio.

–¿Alguien te ha dicho alguna vez que tienes una boca increíble?

Ella lo miró con lágrimas en los ojos.

–¿Por qué dices eso?

Él permaneció allí mirándola como si estuviera al borde de un precipicio y no le diera nada de miedo.

–¿Y por qué me miras así? –preguntó ella.

–Porque eres increíble. Tu piel es como crema. ¿Tienes idea de lo excitante que es saber que puedo hacerte temblar sin siquiera tocarte?

–Me estás tocando –dijo Sabrina, cuando él le cubrió la mejilla y le acarició el labio inferior–. Tú amas a alguien.

Él negó con la cabeza.

–¿Cómo podría hacerlo si solo puedo pensar en ti? Tus ojos son extraordinarios –la miró fijamente y esperó a que sus ojos se oscurecieran de pasión antes de besarla.

El besó duró una eternidad y cuando él se separó de ella, Sabrina se sentía como flotando.

–Eres mi vida. Te quiero.

–Yo también te quiero, Sebastian... –susurró, y su voz apenas oía sobre el fuerte latido de su corazón.

Capítulo 12

EL BESO fue tan apasionado y tierno que cuando se separaron, Sabrina tenía los ojos cubiertos de lágrimas.

–Lo primero que recuerdo es tu boca y el beso del coche.

–Fuiste cruel. Y estabas bebido.

–No tanto, pero recuerdo que me miraste como si fuera el demonio y decidí seguir el juego –le acarició la barbilla para que lo mirara–. Todo el tiempo estaba pensando en tu boca.

Ella tragó saliva. ¿Podía ser cierto?

–¿Qué pensabas?

–Que era un milagro y en todas las cosas que deseaba hacer con ella, y en mi hermano disfrutando de ti cuando yo... Me sentía fatal. Porque como ya sabrás, las cosas honorables no me salen de forma natural. Cada vez que te veía deseaba besarte, y cada vez que te besaba deseaba volverlo a hacer, pero le correspondías a Luis. Cuando te dejó plantada en el altar, me enfadé con el diez segundos. Después me alegré, porque ya nada me impedía tenerte.

Sabrina le acarició la mejilla y él le besó la palma de la mano. Ella comenzó a llorar y él la besó de nuevo hasta que provocó que le temblaran las piernas.

Sebastian la tomó en brazos y la llevó hasta el sofá que había en una esquina de la sala, la sentó sobre sus rodillas y continuó besándola.

Diez minutos más tarde, con la respiración acelerada, y varias prendas de ropa en el suelo, ella colocó la mano sobre su torso y negó con la cabeza.

–¿Y por qué ahora? Llevo loca por ti desde hace semanas y tú... ¿No te dabas cuenta de que te quería?

–¡Repítelo! –exclamó él.

–Te quiero, Sebastian.

Él sonrió, y la besó.

–Te casaste conmigo por deber, no por elección. Nunca lo he olvidado y me he pasado la vida convenciéndome de que el amor era un juego de tontos. No creía en ello, pero lo cierto es que me asustaba sentirlo. Había visto como la persona que más quería del mundo quedó destrozada por el amor...

–Tu madre –comentó ella.

Él asintió.

–Yo la juzgué y fui incapaz de ayudarla. Nunca quise querer a nadie más y decepcionarlo. Realmente pensaba que se podía elegir, entonces, apareciste tú. He aprendido mucho estando contigo, y te prometo que siempre estaré...

Ella le cubrió los labios con un dedo.

–No me prometas nada, bésame...

Él obedeció y mientras la besaba la colocó bajo su cuerpo para hacer que perdiera el sentido.

Al moverse entre sus brazos, ella se fijó en el reloj de la pared.

–Oh, cielos, ¡mira qué hora es! No hace falta parecer tan acaramelados. Llevamos toda la tarde aquí, Seb. Tenemos que vestirnos para la cena.

Ella estaba a punto de doblar las piernas hacia la barbilla cuando él le acarició el trasero.

–Pareces una gatita cuando te estiras.

–¡Seb! –suplicó ella–. La cena...

Sabrina trató de pensar cuánto tiempo necesitaban para ponerse presentables.

–¿Debería llamar a decir que llegaremos tarde?

–No te molestes. Ya me he ocupado de eso.

–Eres totalmente... –lo miró a los ojos. Nunca había imaginado que querer a alguien podía hacer que se sintiera así.

Y él también la amaba... Era como si estuviera viviendo un sueño.

–¿Buscas esto? –preguntó él, recogiendo un par de braguitas de encaje de la mesa que había junto al sofá.

–¿Qué organizado...? ¿Cuándo las has...?

–Mientras roncabas.

–¡Yo no ronco!

–Tendré que invertir en un par de tapones –comentó él, mientras buscaba su ropa interior.

Sabrina lo observó mientras se vestía. ¡Era tan atractivo!

Después, salieron de la mano por la escalera trasera que llevaba a su dormitorio. La puerta del salón estaba abierta y, dentro, dos doncellas les hicieron una reverencia al entrar. Después una de ella acercó un carro cubierto con una tela hasta el sofá y la otra encendió la televisión que estaba en el segundo carro.

–Nos serviremos nosotros, gracias.

Las doncellas se marcharon.

Sabrina miró a Sebastian mientras levantaba la tela que cubría las bandejas de plata.

–¿Vamos a cenar en bandeja y a ver la televisión?

–¿No es eso lo que hace la gente?

Ella asintió.

–Pensé que te gustaría tener una noche libre.

Ella asintió.

–La película la eliges tú, así que, quítate los zapatos...

Ella sonrió al ver que había regresado descalza por el pasillo.

–No llevo.

Acababan de sentarse cuando se abrió la puerta y entró el rey.

Al ver las bandejas y la televisión, puso tal cara de susto que parecía que los hubiera encontrado desnudos y retozando por el suelo. Media hora antes, lo habría hecho.

–Padre –Sebastian se puso en pie despacio–. Lo siento, si hubiéramos sabido que venías te habríamos guardado un poco.

–¿Al menos podríais haberos vestido para la cena? –el rey negó con la cabeza–. No, no es asunto mío. Acepto que las cosas cambian. He venido a disculparme. Algunas de las cosas que dijiste son ciertas. Estás haciendo un buen trabajo. Debería habértelo dicho antes, pero es difícil no sentirse imprescindible. Tu hermano... Si él y su familia quieren venir a la ceremonia de reunificación, me alegraré de tenerlos como invitados. Y Sabrina, no tengo inconveniente en que trabajes, y sí, estoy de acuerdo en que será un buen ejemplo para vuestras hijas y para las mujeres de nuestro país –inclinó la cabeza–. Ahora, buenas noches.

–¿Qué ha sido eso? –preguntó Sabrina cuando se cerró la puerta.

–Eso, querida, ha sido el infierno congelándose con estilo... –contestó él–. ¿Por dónde íbamos?

Sabrina negó con la cabeza y lo apartó cuando él se disponía a besarla.

—¿Luis? ¿Yo, trabajar? ¿De qué va todo esto?

—Cuando fui a París, no tenía ninguna reunión... Fui a ver a Luis.

—¿A Luis?

—¿Te importa?

—¿Por qué iba a importarme? De hecho me encantaría darle las gracias por dejarme plantada en el altar, tal y como han salido las cosas.

Sebastian sonrió.

—Entonces, ¿no tendrías problema con que viniera a la ceremonia de reunificación el próximo año?

—¿Tu padre ha aceptado?

—Creo que gracias al bebé.

—¿Luis va a tener un bebé?

—Bueno, Luis no, pero... Sí, y creo que mi padre se está enterneciendo con los años.

Sabrina lo miró escéptica.

—Eso es solo una parte del misterio. ¿Qué hay de que yo trabaje?

—Creo que ha decidido que tener una talento en la familia y no utilizarlo es una pérdida... Especialmente cuando la investigación es tan importante.

—¿Lo ha decidido él? ¿A qué te has dedicado, Seb?

—¿Yo? —pregunto él haciéndose el inocente—. No he tenido nada que ver, excepto porque le mencioné la necesidad de que se investigue sobre la demencia...

—¿Yo, trabajando? ¿De verdad? —comenzó a dar saltos de alegría.

—Espero que dirijas la universidad dentro de unos años.

—Si tener esas hijas que él mencionó no se interpone en mi camino.

—¿Qué puedo decir? Está deseando tener nietos.

Ella sonrió y lo miró, colocándose a horcajadas sobre su regazo.

—¿Y tú qué piensas de los niños?

—Me encantarán, siempre que tú seas la madre —estiró de ella—. ¿Qué te parece si empezamos ahora? He oído que puede tardar un tiempo.

—En ese caso, dejemos de hablar y actuemos.

—Cállate, mujer, ¿no te das cuenta de que estoy construyendo la dinastía?

Durante algún tiempo hablaron muy poco, pero comunicaron muchísimo.

Epílogo

SEBASTIAN fue el último en hablar.

–Tengo la sensación de que el hecho de que la gente esté aquí para celebrar el día de la reunificación, lo dice todo.

Hizo una reverencia hacia su padre y el duque, que estaban sentados en el escenario y la multitud gritó de júbilo.

–Solo tengo una cosa que añadir. Una vez, un hombre sabio dijo que todo se trata de la familia –sonrió mirando a su padre antes de moverse al borde del escenario y tenderle la mano a su hermano, que estaba sentado en primera fila con su esposa y su bebé.

Luis subió al escenario y todo el mundo aplaudió.

Sebastian rodeó a su hermano por los hombros.

–Hoy nuestra familia, nuestro país, se ha ampliado de una manera muy bonita, un poco como mi querida esposa.

Fue Luis, junto con Chloe, los que ayudaron a subir a Sabrina, visiblemente embarazada, hasta donde estaba Sebastian.

Los asistentes aplaudieron y Sebastian besó a su esposa en los labios.

–Prometiste que no harías eso.

Él se encogió de hombros

–Ya no tengo la memoria de antes, querida.

Ella controló las lágrimas y empezó a reír mientras la multitud vitoreaba.

–Si rompo aguas aquí mismo, no será muy bonito.
Él le susurró al oído.
–Todo lo que haces, amor mío, es muy bonito.

La reunificación de Vela también fue el día del nacimiento del futuro rey... La gente comentó que era un
buen presagio...

Bianca

**En el desierto, ambos sucumbieron
a la fuerza de su pasión...**

SECUESTRADA
POR EL JEQUE

KATE HEWITT

El destierro y la vergüenza habían convertido al jeque Khalil al
Bakir en un hombre resuelto a reclamar la corona de Kadar a
su rival. Su campaña comenzó secuestrando a la futura esposa
de su enemigo. Puesto que ella era un medio para conseguir
sus fines, ¿por qué se enojaba al imaginársela en otra cama
que no fuera la suya?

Elena Karras, reina de Talía, iba preparada para una boda de
conveniencia. En su lugar, la llevaron al desierto, donde la reina
virgen pronto descubrió que sentía un deseo inesperado por su
secuestrador, tremendamente sexy, que la hacía anhelar más.

Acepte 2 de nuestras mejores novelas de amor GRATIS

¡Y reciba un regalo sorpresa!

Oferta especial de tiempo limitado

Rellene el cupón y envíelo a
Harlequin Reader Service®
3010 Walden Ave.
P.O. Box 1867
Buffalo, N.Y. 14240-1867

¡Sí! Por favor, envíenme 2 novelas de amor de Harlequin (1 Bianca® y 1 Deseo®) gratis, más el regalo sorpresa. Luego remítanme 4 novelas nuevas todos los meses, las cuales recibiré mucho antes de que aparezcan en librerías, y factúrenme al bajo precio de $3,24 cada una, más $0,25 por envío e impuesto de ventas, si corresponde*. Este es el precio total, y es un ahorro de casi el 20% sobre el precio de portada. ¡Una oferta excelente! Entiendo que el hecho de aceptar estos libros y el regalo no me obliga en forma alguna a la compra de libros adicionales. Y también que puedo devolver cualquier envío y cancelar en cualquier momento. Aún si decido no comprar ningún otro libro de Harlequin, los 2 libros gratis y el regalo sorpresa son míos para siempre.

416 LBN DU7N

Nombre y apellido	(Por favor, letra de molde)

Dirección	Apartamento No.

Ciudad	Estado	Zona postal

Esta oferta se limita a un pedido por hogar y no está disponible para los subscriptores actuales de Deseo® y Bianca®.
*Los términos y precios quedan sujetos a cambios sin aviso previo.
Impuestos de ventas aplican en N.Y.

SPN-03   ©2003 Harlequin Enterprises Limited

Deseo

La repentina aparición de las gemelas del príncipe iba a convertir su matrimonio en algo diferente

BODA REAL

CAT SCHIELD

La prioridad del príncipe Gabriel Alessandro era perpetuar la línea de sucesión, y había encontrado a la esposa perfecta en *lady* Olivia Darcy. A pesar de que el suyo no era un matrimonio por amor, la deseaba. Concebir un bebé iba a ser todo un placer. Pero, de repente, Gabriel se enteró de que ya era padre de… ¡gemelas!

Olivia sorprendió a Gabriel aceptando a aquellas niñas sin madre y haciéndole creer que su unión podía convertirse en algo diferente. Sin embargo, el acuerdo con Olivia ocultaba un secreto devastador. Aun a riesgo de perder la dinastía que tanto deseaba, ¿estaría dispuesto a anteponer el amor al deber?

Bianca

**Nadie conocía la cara oculta
de aquel matrimonio...**

ESPOSA EN LA SOMBRA

SARA CRAVEN

Las maquinaciones de la importante familia Manzini habían obligado a Elena Blake a casarse. El reacio novio, el conde Angelo Manzini, era el mujeriego con peor fama de Italia.

En sociedad, Angelo besaba por obligación a su flamante y tímida esposa. Pero, en su mansión, la condesa no estaba dispuesta a seguir los dictados de su marido. Ante el desafío de Elena, Angelo se sintió cautivado por el reto de poseerla.